サ終ゲームに転生したら推し聖騎士様との熱愛イベントが止まらない

北山すずな

Illustration

Fay

gabriella books

サ終ゲームに転生したら推し聖騎士様との熱愛イベントが止まらない

contents

プロローグ

私はいつも疲れ果てていた。

何もしなくても寝ているだけでも疲れてしまう。

一昨年、職場で上司のパワハラに遭《あ》ってから、心の傷は癒《い》えていない。

その上司は同じように被害に遭った同僚たちの訴《うった》えによりパワハラ認定されて処分されたというが、私はもう二度とあの会社には戻れないし、ほかの職場であれ、社会に戻るなんてことはもう不可能なほど気力も体力も落ちてしまった。布団から出られないし、食べることも面倒くさい。なんならトイレも誰かに代わって行ってほしい。

冷蔵庫は空っぽだし、手軽に食べられる食品も食べつくした。

そろそろ買い物に行かなくちゃな……でも、外の世界に行くというハードルの高さに、まあ食べなくてもいいやと思ってしまう。

貯金は使い果たしてしまったし。こんなに外出も食べることもおっくうなのになぜ貯金が尽きたかというと、指一本でお金を使うことができるからだ。

この退廃的《たいはいてき》な世界で、私の生きがいはただ一つ、指先だけで生きていける世界だ。

【薔薇《ばら》の箱庭《はこにわ》】というRPG。

七人の青年がそれぞれのルートで出世して聖騎士となり、最後には王女と結婚するというシナリオなのだが、画質がすばらしく、キャラの声もとてもいい。BGMもよくできている。

王女と聖騎士の結婚エンディングの音楽の美しさ、そして戦闘シーンのBGMは歯切れよく、耳について離れない。私はことあるごとに、そのメロディーを口ずさんでしまうほどだ。

私は今日もその世界へ飛び込む。

他のプレイヤーとはいっさい関わらず、自分の推しキャラを愛《め》で、育成し、励まし、幸せなゴールへと向かわせる。

その世界では私はなんと勤勉で根気強く、前向きで勇敢だろうと思う。

この身体はベッドの中で、ダラダラ過ごしているというのに。

ある日ゲームアプリを立ち上げると、黒い画面に《重要》という文字が現れた。

そしてその下に、不穏な文字列が続く。

『長い間【薔薇の箱庭】をご利用くださいまして、ありがとうございました』

――え、いやだ。まさか。

『まことに勝手ながら、【薔薇の箱庭】は、九月三十日をもってサービス終了とさせていただきます』

頭の奥で、ガーンという音が聞こえた気がした。

心臓がバクバクしている。

——いやだ、やめて。嘘《うそ》。

これまでサービス向上に努めて参りましたが、これ以上皆様にお楽しみいただけるサービスのご提供は不可能……云々《うんぬん》。

と、説明は続き、有償通貨の払い戻し方法も書かれていて、サービス終了の決定のゆるぎないことが私を打ちのめした。

動悸が激しくなり、これから何をどうすればいいのか、何も考えられなかった。

ただ一つ、頭の中を渦巻いたのは、

——推《お》しに会えなくなる。

そのことだけだった。

冷静に考えれば推しの麗《うるわ》しい姿をスクリーンショットに残したり、うっとりする甘い声で話す様子を動画として保存したり、まだ見ていないエピソードを急いで消化するとか、いろいろすべきことはあったんだろう。

サ終まであと二か月——。

私は、推しが幸せになる姿をまだ見ていない。他のキャラではヒロインの王女とのエンディングを見たが、私の推しキャラだけはまだ王女と結ばれていないのだ。

なんとしても、これだけは達成しなくては。それにはまず、体力をつけよう。

私は何日もトイレとベッドしか往復していない気怠《けだる》い身体で、のろのろと起き上がった。

パジャマだと外に出られないが、ルーズな部屋着なのでギリギリセーフだろう。

汚れた部屋の片隅に、洗濯もせずに積んだ洋服の山からカーディガンを引っ張り出してはおり、財布と携帯をポーチに放り込んで部屋を出た。

コンビニへ行って、とにかく飲み物と食べ物を買おうと思った。

サービス終了までのわずかの間に、悔いの残らないようにプレイし、データを保存しまくる。

それには体力が必要だ。あと二か月は生きなければ。

しかし、数日飲まず食わずでほぼ寝たきりだった私の足は、アパートの外階段を下りることすらままならず、三歩下りないうちに足首がくねっと曲がった。

私は、はたからみるとタコ踊りをしているような恰好《かっこう》であがいたが、どうにもならなかった。

「ああ――――っ」

それが久々に聞いた自分の声であり、最期《さいご》の声だった。

ぐるぐる回る景色の中、私は願った。

――待って、エディの幸せを見届けたいのに……！

そして視界は真っ暗になった。

第一章　転生したら推《お》しに嫌われていた件

アビー……！　アビゲイル！

誰かが叫んでいる。

私はどのくらい階段を転げ落ちたのかしら。

とりあえず、生きてはいるみたいだ。

あのアパートを事故物件にせずにすんでよかった。

重いけど瞼《まぶた》を上げよう。

やや、本当に重い。なんだか睫《まつ》毛《げ》の重量を感じる。

「アビゲイル！」

さきほどから呼び続けていた声がいっそう近くに聞こえるようになった。

「あなた、アビーが目を覚ましました！」

「本当か！　おお、神よ、感謝します」

誰？　病室で大音量でテレビをつけているのは？

……そう思うくらい、騒々しい会話が続いている。

私は目を完全に見開き、声のするほうを見た。

そして頭をよぎった一言は。

——仮装パーティー？

西洋のドラマのような金髪碧眼《きんぱつへきがん》、ドレス姿の貴婦人と紳士がこちらをのぞき込んでいたのだ。

——誰……？

「おお、アビー、気がついたのね？」

貴婦人は目に涙をいっぱいためて言う。

「お母様がわかる？　愛《いと》しい子、アビー！　どんなに心配したか」

——アビーって誰？

私はぽかんとその男女を見つめていた。

それにしても瞼が重い。瞬《まばた》きするにも差しさわりがあるほどだ。

すぐに白衣を着た男性が現れて、私の脈を取り、次に光る鉱石のようなものをかざしてその光を観察した末に、「もう大丈夫です」と言った。

この間《かん》、なんだか違和感があると思ったら、自分の手が妙にか細《ほそ》くて白いことに気づいた。

労働というものをいっさいしたことのない、白魚《しらうお》のような指だ。

そして長い髪。私の髪はこんなに長くないのに。

ひと房摘まんで見ると、黒髪ではなく金色をしている。

いろいろとおかしい。

「あのう……鏡を。鏡を見せてください」

「アビーが喋《しゃべ》った！　誰か、鏡を。鏡を持って参れ」

今度は男性がそう言って誰かに命令した。

やがて差し出された鏡はヴェルサイユ宮殿の調度かと見紛《みまご》うような装飾過多の手鏡だった。

私は鏡を覗《のぞ》き込《こ》む。

「誰……？」

そこに映っていたのは金髪の長い髪を垂らした十七、八の少女だった。

純白のレースのたくさんついたネグリジェに身を包み、乳白色の肌に青い宝石のような瞳を嵌《は》めたドールかと思ったが、瞬きをするし、こちらが口をすぼめると鏡の少女もすぼめる。

やたら瞼が重い理由もわかった。くるんと上を向いた睫毛はつまようじが十本くらい乗りそうなほど長かったのだ。

唇はサクランボのように艶々《つやつや》としている。

まさかと思ったが、私は右手でVサインを作って頬《ほお》に添えた。

鏡の中のドールのような少女も同じ格好をした。

私はまだ信じられず、今度は自分の頬を思い切り摘まんだ。

「いたっ」

可憐《かれん》な金髪少女もその頬を摘まんでひっぱり、美貌に似合わない変顔をした挙句、痛そうにしている。

私はもう一度言った。

「……誰……？」

すると、不安そうにこちらを見ていた貴婦人がわっと泣き出した。

「無理もないわね、大広間の階段から落ちたあなたは七日間も眠り続けていたから、すっかり痩せてしまって……別人のようでしょう？　でも目を覚ましてくれただけで、お母さまは嬉《うれ》しいの。アビー、よく戻ってきてくれたわね」

「そ、そうだ、エドワードを呼び戻せ！　まだ遠くへは行っておらんだろう。早く知らせてやれ。あやつも死ぬほど心配しておったからな」

どうやら私はだれか別の人物の体の中で目を覚ましたらしい。

そして目の前にいる紳士と貴婦人はその体の持ち主の両親ということだろう。

「エド……ワード……？」

私はふとそう言った。

「そうだ、騎士見習いのエドワードだ、わかるか？　ボブソンが森で拾って、そしてうちで預かることになったエディだ。一週間前、おまえはあやつに話しかけようと慌てて大広間の階段を転がり落ちてしまったのだ。エドワードに罪はないが、あれは責任を感じてうちひしがれておる。元気な顔を見せてやろうと思うが、いいかね？」

「……はい」

まだ状況はよくわからないまま、私は頷《うなず》いた。

＊　＊　＊

「……っ、お嬢様……」

私のきらびやかなベッドの足元で膝《ひざ》をつき、ひとりの若者が打ちひしがれている。

「俺のせいで、すみません！　お嬢様をこんな目に遭わせてしまい……」

「もう大丈夫だから、気に病むのはおよしなさい。あなたのせいでもないのだし」

貴婦人に慰められて、その青年は顔を上げる。

私は息をのんだ。

――この顔、もしかして……？

「エディ、……なの？　立ちなさい」

なぜか、私はその場になじんだ物言いをしていた。

本来なら他人とため口で話さないし、こんなに偉そうに人に命令したりしないのに。

「はい、お嬢様」

彼は従順に立ち上がる。

この状況から想像して、彼はこの裕福な家庭の居候《いそうろう》であり、お嬢様の階段落ちのきっかけとなって落胆しているということらしい。

意気消沈のあまり手を体の両脇にだらりと垂らし、覇気のないポーズで立った彼の姿は私にとってすっかりなじみのあるものだった。

白い乗馬スーツには金糸刺繍の装飾が施され、肩から胸に金鎖《きんぐさり》を垂らしている。黒いマントには宝石の留め具。引き締まった腰には黒革のベルト、美しいカフスから覗く手。

既視感がおしよせてくる。

――これ……【薔薇の箱庭】のエドワードの立ち絵だ！

飽くことなく眺め、愛《め》でてきたあのスタイル。

私の推しキャラ、エディが３Ｄ化して目の前に現れた！

サ終が決まって、スクショも取る暇もなくあっけなく死んだと思ったのに、立体的に蘇《よみがえ》り、私の愛したあの甘い声で話し、動いている！

彼は今、うちひしがれて黙っているけれど、もっと声を聞きたい。

何か、何か質問をしなくちゃ。

「えっと……エディ、どこへ行こうとしていたの？」

私がそう尋ねると、彼の代わりに貴婦人が答えた。

「エディはね、癒《いや》し魔法でも目覚めないあなたを心配して、あなたが快復するようにと祈願の旅に出ところだったのよ」

「それって……フェルケスカス山？」

「ええ、そう……なぜわかったの？　あなたが眠っている間に決まったことなのに」

プレイヤーとしてレベルカンストしていた私は、その山には何度もキャラクターを鍛錬に行かせていたからよく知っている。そこでは通常、キャラクターが死ぬようなことはなく（最悪瀕死《ひんし》状態）、数時間プレイするだけで魔法スキルレベルがぐんと上がるので頻繁に出かけたエリアなのだ。しかも癒しのアイテムも拾えるので、エドワードはそれを集めに行こうとしたのだろう。

――つまり私はゲームの世界に転生したってこと？

二次元の彼が、今、立体になり、息をして、動いているということ？

そして私はアビゲイルと呼ばれている。

――それ、私のユーザー名だ……。

「お嬢様……？　大丈夫ですか？」

私が無言でエドワードを見つめていたので、彼が不安な目をして問いかけてきた。

「あっ、ごめんなさい。ぼうっとして」

なにしろ、この状況への理解が追いつかない。

「それで……お嬢様が俺を呼び止めて言いたかったことは、何だったんですか？　俺がお嬢様の呼び声に気づいてすぐに立ち止まっていれば、あんなことにはならなかったのです」

そう言われても、私にわかるはずもない。

「ごめんなさい、よく覚えていないの……」

「一時的な記憶喪失かと思われます」と医師が診断した。

「少し休みますね。思い出したらまた話すわ」

混乱と困惑の中、私はひとりになりたかった。

落ち着いて考える時間が必要だ。

＊　＊　＊

ベッドから下りることを許された私は、自室を見まわした。

この景色はちゃんと記憶にある。

目覚めた翌日には、私は身の回りのことついてはほぼ思い出していた。

アビゲイルという名で、ノワイエ伯爵の娘ということも自覚している。

ただ、階段から落ちる前に何をしたかったのかはまだわからない。

逆に、新たに加わった知識は、ここが【薔薇の箱庭】というゲームの中の世界らしいということだ。

「お嬢様はよくこの椅子におかけになって窓の外を眺めていらっしゃいました」

ぼんやりしている私を気遣ってか、侍女がそう言った。

――知ってる。

私の個室は二階にあり、窓からは伯爵邸の中庭がよく見えた。

白いベンチ、手入れされた植栽《しょくさい》、涼し気な噴水。

今は乾燥した暑い季節で、色鮮やかな花が咲いている。

ちょうど庭師が手入れしているところへ、エドワードが通りかかる。

この庭の通路で頻繁に起こる小さなできごとを見るのが私のルーティーンなのだ。

その時、エドワードと庭師が話しているところへ、ひとりの少女がそっと近づいてきた。

「あれは厨房係《ちゅうぼうがかり》の女子でございますね。それから庭師の――」と侍女が説明を始める。

「ええ、わかるわ、大丈夫よ。あなたのこともちゃんと知ってるわ、ミア」

「……そうでございましたか！　ああ……安心いたしました、お嬢様」

完全な記憶喪失と思っていたのか、腫れ物に触るような態度だったミアがようやくふだんどおりの物言いになった。そして庭に視線を戻すと言う。

「おやまあ、恋文《こいぶみ》を渡すなんて、料理長に注意してもらわなくてはなりませんね」

「でも、厨房係なのに恋文を書けるなんて大したものじゃないの」

こちらの世界では、使用人は最低限の文字は読めるが手紙のようにきちんとした文章を書くとなるとなかなか難しい。

「代筆《だいひつ》を頼んだのでございましょう。お館《やかた》様の許可なく使用人同士の色恋はご法度だというのに懲りない女子たちですよ」

彼らの会話はここまでは聞こえないが、その少女はエドワードに断られたようで、手紙を渡せないまましょんぼりと来た道を戻っていく。

ホッとしたのもつかの間、今度は三人の使用人がエドワードの元に集まっている。

十代半ばから二十歳過ぎといった女性たちで、めいめいにパンの入った籠や花や衣類のような何かを差し出していた。

エドワードは拒むように手のひらを彼女たちに向け、何も受け取らずにその場を離れた。

「まあまあ、エドワードさんは相変わらずおもてになりますね」

ミアが呆《あき》れた声で言った。

残された娘たちは、庭師に何か注意をされたようで、小走りに厨房のほうへと戻っていく。

「彼女たち、ひどく叱られて……大丈夫かしら」

「いつものことですから、心配いりません。流行《はや》りの遊びのようなものですよ」

それにしても、遠目にもすらりとした長身のエドワードは、目と心に栄養を与えてくれる。

こうして壁のように、エドワードの生活風景を見るのが私の生きる糧《かて》、推し活だ。

「お嬢様も外をお散歩されてはいかがですか？　まだ無理は禁物ですが、あまりに動かないのもよくないと、お医者様もおっしゃいましたし」

「わかったわ」

こうして私は庭に出た。長く眠っていたせいか、足元がおぼつかない。

後ろからミアが白い日傘を差しかけながら、城内の説明をしてくれているが、私はそこまで何もかも忘れたわけではないのだ。

「このどんぐりの木はお嬢様がお小さい頃に登って危ない目に遭われたそうですよ」

「あー……、そ、それは恥ずかしい思い出だから言わないで」

確かにカメラスコープを持ってこの木に登ったのを覚えている。

まるでパパラッチのように、稽古場《けいこば》のエドワードを木の上から撮影しようとしたのだ。七歳ぐらいだったろうに、末恐ろしい子どもだ。

武芸の稽古をしている小姓の誰かに見つかって「あ、おじょうさまがあんなところに」「あぶない」「落ちるぞ」などと叫ばれて慌てた私は、カメラスコープを落としてしまった。それを掴《つか》もうとして、私まで――。今思うと、あれが人生初の転落事故だったかもしれない。

景色が瞬くように流れて、地面に叩《たた》きつけられる、と思った。

だが、次の瞬間、私は誰かに抱きとめられていた。

痛いのは、転落したからではなく、あまりに強く抱きしめられていたからだ。

相手の心臓の鼓動が速くて驚いたのも覚えている。

子どもとはいえ木の上から落ちた私を受け止めた衝撃は大きかったはずだ。

それに耐えた後、その恩人はゆっくりと膝をついて私を静かに地におろした。

「大丈夫ですか、お嬢さん！」

誰よりも速く駆けつけて受け止めてくれたのはエドワードだった。

「う、うん……」

彼は私をじっと見つめ、それから私の両肩、腕へと軽く触れて確認する。

「どこもお怪我《けが》はありませんか？」

「ううん、……ないわ」

エドワードは急に脱力したように目と閉じて「よかった……」と言った。

そして、心底参ったというふうに、彼はしばらく肩で息をしている。

白いリネンのシャツの衿《えり》がはだけていて、その肌には汗がにじんでいた。

この時、彼は十三歳。少年期を脱しつつあるけれど完全な大人でもないという、妖精あるいは天使とも思える中性的な美貌。

当時はそんな蘊蓄《うんちく》はわからないにせよ、幼心に私はそれを「撮《と》りたい」と思った。

「あっ、カメラスコープは……？」

先に落としてしまった機械を探す。木の根元に、それは壊れていくつかの破片となって散らばっていた。それを見ると、私は初めて泣きそうになった。

「あああ、こわれちゃった！」

私の視線を追ったエドワードがそのことに気づくと、

「カメラ……スコープ……。何を撮りたかったんですか、小鳥ですか?」と言った。

「エディをとるの」

すると、エドワードは急に噴き出した。

「――お嬢さんには、かなわないなあ」

そう言いながらも笑っている彼につられて、私も笑ってしまった。

小姓たちが集まってきて心配そうに見守っている中、私たちふたりはひとしきり笑っていたが、やがてエドワードは真顔になって言った。

「冗談じゃないですよ、本当に。俺を撮りたいならいつでも言ってください。二度とこんな高いところに登ったりしないでください、いいですね?」

でも、その後私はお父様にカンカンに怒られ、木登り禁止を言い渡された。

カメラスコープも壊れて、二号機を買うまでにお小遣いを随分節約しなくてはならなかったという、さんざんな事件だった。

「あたしも見たかったです、そのエドワードさんの武勇伝」

「ミアったら……もうやめてちょうだい」

そしてその目と鼻の先にあるのが、私が木の上から撮影しようとしていた稽古場だ。

「この場所は覚えておられますか?」

「ええ、お小姓たちが武術の稽古をするところよね」

伯爵家は騎士団を擁しており、王宮に召喚されるような立派な騎士も何人か輩出している。稽古場は、騎士団入りを目指して少年たちが鍛錬する場所だ。

厩《うまや》の前の小さな空間に子どもたちの元気な声が飛び交っており、そこにエドワードもいた。

彼はひとりの少年に声をかけた。

「そうだ、そこでしっかり腰を落とせ」

そして次に、稽古中に木刀を取り落とした子どもを見ると、ポケットから布を丸めたものを取り出して、子どもの手に掴《つか》ませた。

「これを何十回と握って手の力をつけな。握力がついたら格段に上手《うま》くなる」

すると、泣きそうだった子どもの目が輝き始める。

「ほんとう？」

「オレにも教えてください」

「ぼくにも」と、他の子どもたちもエドワードの周りに集まる。

身なりを見ればわかるように、みな裕福な家の子弟ではない子どもたちだ。彼らを相手に、エドワードは丁寧に助言をしている。

「エドワードさんは武芸では騎士団長にも引けを取らないけど、今でもああしてお小姓さんに指導してらっしゃいます。身寄りのないエドワードさんを引き取ってくださったお館様への恩返しなのでしょう」

「そうね。エディはやさしいから」

いつもどおりの、なんでもない日常だ。でも眼福。

私は彼を見ただけで嬉《うれ》しくなるし、それ以上のことなど望んでいなかったと思う。

それでも、何かが引っかかって落ち着かない。

ミアが言った。

「それで……お嬢様。階段から転落された時のことは何か、思い出されましたか？」

「いいえ、まだ。……大広間の大階段から落ちたのだから、もう一度その場所に立てば思い出すかもしれないわ」

「わかりました、参りましょう」

そして大広間に行く。

見慣れた場所に、チェンバロが置かれ、壁には先祖代々の肖像画が飾ってある。

ここに来るまでに、軟弱な私の足はかなり疲労していたが、とにかく最上段を目指す。

ドレスの裾捌《すそさば》きが難しくてふらふらする。

「お嬢様、ゆっくりでございますよ」

万一の時のために、ミアが数段下がってついてくる。

——何か思い出しそう、な気がする。

しかし、その時思わぬ雑念が飛びこんできた。

大広間のきらびやかなシャンデリアの陰に、黒い小さな塊がサッと動いたのが見えたのだ。

前世でGと呼ばれていたアレに似ているおぞましい生き物！

「ゴキメラ……！　てぃっ」

反射的に、私は指先をくねくねと動かしながら奇声を発していた。

すると、私の指先から閃光《せんこう》が現れ、黒い塊めがけてまっすぐに伸びていく。

ジュワワ……という音がして、黒い塊は消えた。

「よし、やっつけた」

実は、この【薔薇の箱庭】の世界には様々なキメラ（幻獣）が存在している。

ゴキメラは雑魚《ざこ》キメラであり、見た目が不快というだけで特に害はないのだが、すばしっこくて小さいため照準を合わせにくく、仕留める際に力加減を誤ると背後の壁を焦がしたり穴を空けてしまうという意味で厄介なキメラなのだ。

自分でも惚れ惚《ほぼ》れするほどの的確さでゴキメラを駆除した、まではよかったが、私はその反動で体勢を崩してしまった。

慌てて手すりに掴まろうとしたが、私の手は空を彷徨《さまよ》っただけだ。

「あああっ」

——また落ちるの？

そう思った時、誰かが私の肩をガシッと支えた。

「あ、……ありがとう、ミア――？」

ずいぶんたくましくなった、ミアの腕――と思ったが、振り向いて驚く。

「お嬢様、なんて危ないことを！」と言ったのはミアではなくエドワードだった。

彼は私の身体をしっかりと右手で抱きかかえている。

顔が近い。声が甘い。心臓がどうにかなってしまう。

「……いつの間にいたの、エディ？」

「稽古場からお姿が見えたので、念のため護衛していました。またこの間のようなことになるかと肝を冷やしましたよ、お嬢様」

エドワードの声に狼狽《ろうばい》の色がにじむ。

「どうしていつも、こんな無茶をなさるのですか？」

黒い瞳が間近にあって、美しいけれどちょっと怖い。

「ごめんなさい。ここに来れば何か思い出すかと思ったのにアレが目に入ってつい」

彼はそのまま私をエスコートしながら最上段まで連れていってくれた。

「で、どうでしたか？　記憶は戻りましたか？」

私は首を横に振る。

――もし思い出したとしても、今の衝撃で吹っ飛ぶわ。

「……そもそも階段から落ちる前、私は何をしていたのかしら？」

それにはミアが答えた。

「お嬢様はお館様の書斎に呼ばれていらっしゃいましたよ」

＊　＊　＊

「というわけで、あの日、何をお話しになったか教えてくださいい、お父様」

するとお父様は言った。

「ああ……わしはおまえに王宮から招待状が来ておるという話をした。いつも仮病《けびょう》を使って辞退していたが、このような事故に遭《あ》ったので、今度は正真正銘、王宮行きは無理であろう。だから目覚めたおまえには、あえて言わなかったが」

父のその話を聞いて、私の脳に何かが下りてくるのを感じた。そして、それと同時に体にも力がみなぎり、私の思考と体が完全に調和した。

確かに、お父様の書斎に呼ばれて王宮に招かれた話を聞いた。

その時、お母様も一緒だった。この「お母様がいた」ことが肝心なのだ。

『おまえももう十八歳だ、社交デビューをするには遅いくらいだが……しかも今年は王女殿下の二十歳の生誕祝賀会なのだ。どうするね？』

私はいつものように気乗りしないと答えて書斎を出た。

でもその後で、はしたないことに盗み聞きをしてしまったのだ。

書斎からすぐに立ち去るつもりだったのに、お母様の泣き声を聞いてしまったから。

『……この世が終わりを迎えるなんて、信じられません、あなた。本当ですの？』

『わしも信じたくはないが、大預言者の遺言書が見つかって、九の月の終わりに終末の日がやってくるらしい。デマだと思いたいが、二十年前のベルバート王国の滅亡の予言も当たっておるから、全くないとも言い切れない』

『どうしてそんなことに……』

『ベルバート滅亡の時は、王族の魔力が弱って防御壁が破壊され、おびただしい数のキメラに襲撃されてひとたまりもなかったという。こたび、王女の生誕祝賀会に王侯貴族を集めるのは、強い魔力を持つ騎士を集めるためかもしれぬ』

『ああ、どうしたらいいのでしょう？』

『慌てるな。家臣たちに悟られてはならない。動乱が起こるかもしれないからな』

衝撃だった。私はしばらく書斎の前に立ち尽くしていた。

――この世が……終わる？　本当に？

今の私ならわかる。ここはゲームの世界の中で、終わりというのはサービス終了の日だ。

私がとっさに思ったのは、『全てが終わる前にエディの晴れ姿を見たい』ということだった。

王宮に立ち、国王陛下に挨拶をして、そしてエレガントに貴婦人をエスコートするエドワードを見たい。夢のまた夢だけど、王女殿下と手を取り、ダンスを踊るエドワードを見たい。

残された日々に叶《かな》えたかった、前世の私の切なる願い。

私はそれをエドワードに伝えようと、大広間への階段へと――。

「……思い出したわ」

「アビー、何を?」

「階段から落ちる前に、言いたかったことを思い出したの」

お母様たちは身を乗り出して私の答えを待っている。

「王宮に行くのよ。エディ、あなたも私たちの護衛騎士として祝賀会に出席するの」

それこそが前世から続く私の夢だった。

あの時漠然と、エディの晴れ姿と思っていたのは、実はゲームのハッピーエンディングすなわち、

『騎士と王女の結婚式』のシーンだったのだ。

お父様は不思議そうに言う。

「おまえは断ったではないか、アビゲイル」

「ええ、そうですけど……。でも考えが急に変わったの。エディを王宮に連れて行きたいのです、どうしても」

「エドワードは騎士ではない、王宮に上がることはできぬ。おまえはどうじゃ、エドワード。王宮に行きたいなどと言っておったのか?」

そう尋ねられたエドワードはぶんぶんと首を振る。

「いいえ、お館様。そんなことは考えたこともありません。どうしてお嬢様は俺を？」

前世で見られなかったエドワードと王女殿下の結婚式を見たい、この世が終わる前に。

――なんて理由では説得できないでしょうね。

頭を打って妙なことを言い出したと、相手にしてもらえないだろう。

「エドワードはこのとおり美しいでしょう？　宮廷にいても全く遜色《そんしょく》ないと思うの。それに私も、本当はいい加減社交デビューしなくちゃと考え直したのです。いろいろ不安はあるけれど、エディが一緒なら安心でしょう？　エディはいつも私を助けてくれるもの」

お父様もお母様も複雑な表情をして私を見ていた。

娘がようやく社交界に目を向けようとしている。

引っ込み思案の私を心配していた両親が、それを嬉しく思わないはずがない。

「しかし……お前は七日間も眠るような事故にあったのだ。無理をしてはいかん」

「大丈夫です、癒しポーションもたくさん持っていきます。もうわがままは言いませんから、お願い！お父様！」

こうしてごり押ししたら両親は根負けした。

エドワードは最後まで怪訝《けげん》な表情をしていた。

＊　＊　＊

「そうと決まったらポーションを作らなくちゃ」

私は錬成室へと入った。

この空間はエドワードのイメージに合わせた内装になっている。

深緑に金茶の幾何学模様を施した落ち着いた色合いの壁、渋めの臙脂《えんじ》のカーテン。

お母様が「本当にこれでいいの？　ピンクの花柄の壁紙なんかもかわいいと思うわよ」としきりに言っていたけれど、エドワードに似合うのはそんな色ではない。

マホガニーの机と本棚、額縁、緋色《ひいろ》のビロードの長椅子。

作業机には、美しいガラス瓶とコルク栓、色とりどりの魔石のかけらが放り出されている。

――小粒の水晶、岩塩、薔薇結晶、この材料からは……お風呂ポーションができる。

私はいつもどおり、竈《かまど》にかけられた鉄鍋に魔石をいくつか放り込んだ。

そして手のひらをさっとかざした。

竈がぱっと輝き、鍋の中身がうねりだす。

やがて抽出器の中に透明な液体が溜《た》まってきた。私はガラス瓶でそれを受ける。

お風呂ポーションの出来上がりだ。

これを浴槽に入れて呪文を唱えるだけで、五分後にはお湯張りが完了する。

風呂に入るにはたくさんの湯が必要で、かなりの贅沢《ぜいたく》なのだが、このポーションのおかげで、一日二度、三度と入浴していた。

「この瓶はなんですか？　見たこともない色ですね」

ミアが私の横に来て、青緑色のポーションを指さした。

「それは『身代わりポーション』よ。町で珍しい魔石を見つけたから錬成してみたの」

「身代わり……何に使うんでしょうか？」

「さあ？　使う時なんてないんじゃない？」

「あたしなら、苦手なことをする時に身代わりにやらせたいですね。お嬢様の場合は――」

「歌に楽器に詩の朗読……ううん、他にもあるわ。王宮に行くんだもの、忙しくなってきた。そうよ、のんびりポーションを作ってる暇なんてなかったんだわ」

思えば、ひとり娘として（お兄様は別の所領にいるけど）随分と甘やかされてきた。

宮廷作法も歌もダンスも学ばず、エドワードを眺めて日々を過ごした。

取柄はゴキメラ撃ちだけ。でもあと二か月もないのなら、夢を叶《かな》えたい。

そのためにはこれまで逃げてきた社交術とも向き合わなくてはならない。

「今日はエディとダンスのレッスンをするわ」

よそ行きのドレスをクローゼットから引っ張り出し――私はパーティーに出るのも嫌がって、自分の身はかまわなかったので、伯爵令嬢なのに衣装持ちではないのだった――お母様が昨年、仕立て屋に作らせた深紅のドレスを着た。

「お嬢様ご自身から、進んでダンスのレッスンをなさるなんて、ミューズ先生も泣いてお喜びだと思いますわ！」

などと言いながら、ミアは楽しそうに私の身支度を整える。

「大げさね。私がダンスのレッスンをしようと言うのが泣くほど嬉しいの？」

「あっ……余計な事を申し上げました。せっかくやる気を出されているのに、水を差すようなことを言って、申し訳ありません」

彼女は平謝りしながら、髪をハーフアップにして薔薇の花飾りをつけ、深紅の布に映える真珠のネックレスとイヤリングを選んでくれた。

「こんなにおきれいなお嬢様がお部屋に籠っておられるのはとてももったいのうございますもの。王宮でダンスを披露なさるその時が、楽しみで仕方ありません」

「私じゃなくてエディのレッスンがメインだから勘違いしないでよ。カメラスコープも用意して、ちゃんとエディを撮ってね、ミア」

「おやまあ、それが狙いでしたか？　お嬢様、完全復活ですね！」

「エディはいつもどおり笑ってくれるかしら」

すると、ミアは意外なことを言う。

「いつもどおり……？　って、お嬢様。エドワードさんはあまり笑ったりなさいませんよ」

「嘘《うそ》よ。私がアーマーをプレゼントした時とか、新しい衣装を作ってあげると、とびきりの笑顔を見せてくれるじゃない。凛々《りり》しくて美しい画像を撮らせてくれたし」

彼のために、私は自分のお小遣いをはたいて、――足りない時は自分のドレスを売ったこともある――馬以外の武具はすべて用意してあげたと言っても過言ではない。

しかし、ミアは腑《ふ》に落ちないという顔をして、こちらを凝視している。

「な、なによ、ミア？　あなたもカメラスコープのメモリを一緒に見たでしょ？　エディは笑っていたわよ」

「はあ、私がこちらに来る前のことはそうですね、お嬢様。……でも、私自身はエドワードさんの笑顔を見たことは一度たりともございません」

「そんなはずないわよ。肖像画を見たらわかるわ」

私がことあるごとにカメラスコープで撮影し、額に入れて大切に飾ってある彼の肖像画。

前世のモラル感で言えばそれはパパラッチであり、ストーカー行為だと言わざるを得ないが、その眼福の絵たちは今も聖域なる壁を埋め尽くしている。

私はそれを確かめようと、くだんの壁を見た。

薔薇の庭でふりむきざまに驚いたように笑うエドワード、武術のけいこをした後に汗を拭《ぬぐ》いながらこちらを見て爽《さわ》やかに笑うエドワード、王子様のような衣装を着て涼し気に微笑《ほほえ》むエドワード、仔馬《こうま》と無邪気に遊ぶエドワード……のはずが。

「笑って……ない……？」

どの顔にも、笑みなどひとつも浮かんでいない。

それどころか、目は虚《うつ》ろ、あきらめたような表情、今にもため息を吐きそうな口元。

今まで私は、こんな画像を集めて喜んでいたというのだろうか？

「だって……私が貢いだ衣装や武具だってちゃんと喜んで受け取ってくれたし……」

と、言うと、ミアは沈痛な面持ちになり、俯《うつむ》いた。

「それが……実は、でございますが」

「何？」

「こちらをご覧くださいませ」

そう言って、ミアが私のクローゼットのいちばん端まで導いていく。

私は自分の衣装にあまり関心がなく、侍女まかせなので、クローゼットのどこに何が入っているかよくわかっていない。彼女は何を見せたがっているのだろう？

私がクローゼットを開けると、そこには王子様のような衣装や燦然《さんぜん》と輝く金や銀の武具が押し込まれていた。

エドワードに貢いだもののほぼすべてが、ここにある。

「……どういうこと……」

「お嬢様がどうしてもとおっしゃるので、エドワードさんはそれらに一回は袖を通したり身にまとったりしましたが、カメラスコープで撮られた後はいつも、私を通して返しにいらっしゃったのです。お嬢様がクローゼットをお開けになる時にとっくにお気づきだと思って、私からは敢《あ》えて申しませんでした」

私はよろけて後ずさり、ベッドの手前にあった踏み台に腰をおろした。

――いったいどうしたの、エディ？

＊　＊　＊

――ということがあってからの今。

私は気を取り直して、エドワードにダンスのレッスンをしようともちかけた。

しかし、肝心のエドワードはこちらを一瞥《いちべつ》すると、冷ややかな声で言った。

「いえ、お断りします」

「ど、どうして？」

「お嬢様は病み上がりなのです。お体に障《さわ》りますから大人しく寝ていてください」

――これは私の健康を気遣っての遠慮よね……？

「もう治ったわよ、本当に。それより、王女殿下との結……いえ、ダンスをお披露目《ひろめ》する思わぬ機会がきたら、その時に慌てないようにしておかなきゃ」

すると、今度こそは聞き間違いでも見間違いでもなく、エドワードは迷惑そうにため息を吐いて、こう言ったのだ。

「だとしても、俺にはそういう練習は必要ありませんから」

「だってあなたも王宮に行くのよ？　行くわよね、護衛として」

「もちろん、護衛として。ですが、地位ある男が数多《あまた》参加するであろう、王女殿下のご生誕祝賀パーティーで、俺の出番などあるわけありませんよ」

「でも、もしかしたらお庭ですれ違った時に、王女様があなたを気に留めて召し抱えてくださるかもしれないじゃない。チャンスってそういうものなのよ。わずかでも可能性があるのであれば、それに備えなくちゃ。それともキメラ撃ちをもっと頑張るの？」

「はい、そのほうがよほど現実的です、護衛として」

「そんなに言うなら、いらっしゃい、エディ」

私は彼を屋敷の裏庭へと連れていく。庭といっても深い森に続く広大な敷地だ。

樫《かし》の木が茂って地表にまで届く光はごくわずか。

いちばん背の高い木の下には森番の小屋がある。

既に他の小姓たちが何人か、キメラ撃ちの訓練を初めていた。

私は大木の根本に建てられた小屋の木戸を叩《たた》く。

「ボブソンさん、いる？」

すると、「おう」としわがれた声が答える。

戸が開いて、のそりと出てきたのは小柄な老人だ。

「お嬢さん、元気になってよかったですな」

「ええ、ちょっと訓練に来たの。森を騒がすけどごめんなさいね」

「エドワードも一緒かね」

森番は私の後ろに目をやってそう言った。

「図体《ずうたい》だけはでかくなりおって」

彼がそんな遠慮のないものの言い方をする事情については覚えている。エドワードを見つけたのはこのボブソンだからだ。

彼はエドワードの名づけ親であり育ての親でもあり、いつまでも気がかりな実の父親のような気持ちでいるらしい。

私の住む屋敷の裏庭には、魔術攻撃の初心者がレベルを上げるための弱い野生キメラが多数棲息《せいそく》しており、伯爵家の小姓《こしょう》たちの訓練場となっている。

このような訓練場を持てるのは伯爵以上の貴族であり、生活空間にキメラが入り込まないように定期的に結界を張り直したり森番に見張らせたりする維持費もかかるため、貧しい貴族の子息たちは伯爵家に小姓や騎士見習いとなって住み込みしながら腕を磨く。

ここでの練習を積んで実力がついたと騎士団長に認められると、フェルケスカス山へ行って実戦訓練へと入る。そこで中級以上のキメラから魔石を奪うことができれば、お父様によって騎士叙任されるのだ。

「じゃあ、始めるわよ。エディ、あの枝にとまっているツグメラを撃ち落としなさい」

私はレベルの低そうな鳥のキメラを指さして言った。

「何匹撃ち落としたら、あんな馬鹿な提案は撤回してもらえますか？」

あんな馬鹿なとは！

「撃ち落とせもしないうちから。じゃあ十匹。成功したら考えるわ」

「卑怯《ひきょう》ですね」

なんという殺伐《さつばつ》とした会話。

「では、始めます。……せぇいっ」

気合の入った声とともに、彼の指先から青白い光が放たれ、目標の枝まで届いた。

ジュワワという音とともにツグメラの姿が消える。

パワーは感じられないがいわゆるキメラの急所を一ミリも外していない。

「じゃ、次はあれ」

彼は、私が指示したキメラをスナイパーのように正確に、次々に撃った。

短時間で十匹きっちり仕留めて、ひと息ついた時、エドワードが言った。

「もうわかっていただけましたよね？」

その彼の様子が、どこかおかしい。

――エディ……すごく顔色が悪いわ。

「どうしたの、エディ？　なぜ、そんなに苦しそうなの？　今、キメラの反撃を受けたの？」

「そんなことはありません。お嬢様も見ておられたでしょう」

「そうだけど……ひどく汗をかいてるし」

「汗などかいていません、お嬢様」

彼は何を言っても否定するだろうが、顔が真っ青で額にも汗が光っている。

わずかかあれだけの攻撃で体力を消耗している？

「も、もう、魔術の訓練はやめましょう。エディ」

私はエディをいたわろうと、その肩に手を伸ばしたが、彼は後ずさりをしてそれをよけた。

「エディ？」

「独身のご令嬢がむやみに男の体に触れてはいけません、お嬢様。そうでなくとも、こんなふうにして並んでいるだけでも悪い噂《うわさ》が立ちます」

えっ、そんなふうに思ってたの？

「せめて侍女くらいは連れて歩いてください」

「だって、自分の屋敷の一部なのよ。自由に歩き回ってもいいでしょう」

そう返しながらも、私はエドワードに距離を置かれたのがショックだった。

エドワードさんが笑ったのを見たことがない、というミアの言葉が真に迫ってきた
「ねえ、エディ。……何か、怒ってるの？」

「いえ」

「嘘よ。怒ってる態度じゃないの。全然笑ってくれないし」

「俺はもともとこういう顔です。理由もなくへらへら笑えと？」

「そんなこと言ってないでしょ」

彼が心底うんざりした顔で立ち去ろうとしたので、私はその腕を捉えた。

その肘を両手で抱えて、エスコートしてもらおうと思ったのに、彼は嫌悪感に満ちた顔で私を見下ろしたのだ。

――ひ……っ
どうして、そんな嫌そうな視線を向けるの？

私は怖くなって手を離した。

前世のノリでうっかりべたべた触ってしまっていたが、生身の青年にこれはいけない。

「触るの、迷惑だったわね？」

と私が聞くと、彼は「はい」と言った。

世界一短く残酷な拒絶の言葉。

ちょっとくらっとしたが、必死で立ち直る。

「階段では支えてくれたじゃない」

「あれは転落を防ぐためですから。でも今は――」

「そう……よね、ごめんなさい」

戸惑う私に背を向け、彼はとぼとぼと歩いていく。

そして、蚊の鳴くような声でこう言った。

「俺はお嬢様が王宮に行きたいならついていきます。ですが、王女殿下とダンスする場面など、あるはずがありません」

その声の語尾は震えていて、なんだか泣きそうだ。

そんな態度を見て、私は彼の気持ちがなんとなくわかった。

私の望んでいることは、確かに大それた夢だ。

とくに、騎士見習いにすぎないエドワードにとっては。

本当はちゃんと可能性があるのに、誰にも信じてもらえない。

「傷つけてしまったみたいで、ごめんなさいね。エディ」

彼にとって、身分や格式の壁はとてつもなく大きいらしい。

「稽古は終わったかね？」

ボブソンが窓から顔を出した。

「ええ、もう行くわ。ありがとう」

私が挨拶をしながらふと見ると、彼はしわくちゃになった紙を握っていた。

「なあに、それ。新しい伝令？」

私が尋ねると、ボブソンは慌ててポケットにそれを突っ込んだ。

「えっ、どうして隠すの？　気になるじゃない」

「いや、こんなビラはインチキだ、ゴミでさあ」

「怪しいわね……！　あっ、もしかして恋文？」

「な、なにをおっしゃる？　そいつはとんだ勘違いでさ」

ボブソンの慌て方が気になって、私はじっと彼を見つめる。

無言の圧力をかけると、彼はしぶしぶポケットから紙を取り出した。

「ゴミですよ、本当に。ちょうど捨てるところだったんでさ」

くしゃくしゃに丸めたものを開くと
『やがて世界は終末を迎える』という大仰《おおぎょう》な言葉が見える。

その下にはやや小さな文字で、大預言者の遺言、とかキメラの大襲撃とか書かれていた。

版画のように、複数刷られたもののようだ。

「まあ……こんなものが領地にばら撒《ま》かれているの？」

「で、でたらめでさ。信じちゃいけません、お嬢さん」

私は真相を知っているけれど、お父様の意向のとおり彼を落ち着かせなくちゃ。

「信じないわよ、そんなばかばかしいこと。ボブソンさんも、いいわね？」

「ははは、そうですな。……だが、やりたいことがあったら今のうちにやっておきなさるがいい。羽目を外さん程度にな」

私はボブソンに礼を言って大広間に向かった。


「……お嬢様？　大丈夫ですか？」

エディと二人で中庭を歩いている間、私はすっかり黙り込んでいた。

あと二か月弱で、何をしたらいいのか。私はもちろんエディと王女の結婚式エンディングが見たかったけど、彼は王女とダンスすることすら論外だと考えている。

「うーん……」と私はうなった。

どうしたら彼をその気にさせられるのかしら。

「お嬢様？　あんなじじいの言うこと、気にしないほうがいいですよ」

「エディ、……もしあのビラに書いてあったことが本当だとしたら――あっ、嘘だけどね。もしもの話よ。残りの月日で、あなたは何がしたいと思う？」

私が尋ねると、エドワードは遠い目をして、少しの間、考えていた。

それから、今度は切なげな顔になった。

「俺は、騎士になりたいです」

なんてささやかな願いだろう。

どんな小さな魔石でもいいからひとつ手に入れたら――それには、中型以上のキメラを魔術攻撃で倒さないといけないのだけれど――お父様は彼を騎士にしてくれるはずだ。

ツグメラ撃ちを見た限り、あんなに正確にできるのだから難しくはないはずなのに。

「きっと、なれるわよ。エディなら聖騎士にだってなれる！」

半ば慰めの虚《むな》しい言葉と捉えたのか、エドワードは初めて薄く笑った。

「……お嬢様は何がなさりたいですか？　ご自分のことで、ですよ」

釘《くぎ》を刺されてしまった。

「私はね……思い出の写真が欲しいの。手はつながなくていいから私と踊ってもらえたら嬉しい。でも今日はやめましょうか。ひどく疲れてるみたいだし」

すると、それがエドワードの癇《かん》に障ったらしい。彼はむっとした顔で言った。

「疲れてなどいません。いいですよ、つき合います」

「本当に？　ありがとう。王女殿下とダンスをなんて、もう言わないわ。だって、あなたがツグメラをやっつけたら、私も考え直すと約束したものね」

「当然です……そもそも俺が王宮なんて全く場違いだとは思わないのですか？」

「思わないわ。魔術なり社交術なり武芸なり、得意なスキルを磨けば、誰だってその資格はあるのよ。何をどれだけ頑張ったかが大事だと思わない？」

二人は大広間に着いた。

片隅に置かれたチェンバロの横に、ダンスの教師のミューズ夫人が待っていた。

自分から頼んでおきながら、待ちぼうけを食らわせてしまった。

「お嬢様！　よくご決断なさいました。こんなに嬉しいことはございません」

私たちが遅刻したにも関わらず、ミューズ夫人は涙ながらにそう言った。

「遅かったので、またすっぽかされたのかと先生がとっても心配しておいででしたよ、お嬢様」

と、ミアが口添えする。

確かに、私は社交スキルの研鑽《けんさん》を怠ってきた。

幼い頃、遠縁の少女に言われたことを引きずっていて、自分は社交に向いてないと思ったし、必要ないと思っていたから。

エドワードはため息を吐《つ》いて言った。

「王女殿下のことはおいといて、宮廷で恥をかかない程度には努力しますよ。それより、お嬢様こそ大丈夫ですか」

「ええ、本気を出せばダンスくらいどうということはない……はず」

彼は一瞬戸惑った顔をしたが、すぐにポーカーフェイスに戻り、紳士がダンスを申し込むポーズをした。

――あっ、カメラスコープ……。

私は、チェンバロの横にいたミアがカメラスコープを手にしているのを確認した。

ミアに目で合図をすると、彼女はお任せください、というように頷《うなず》いた。

エドワードが私の正面に立つ。

「……ですが、手も触れずにダンスをする、というのは不可能です。失礼します」

彼はそう言うと、片方の手で私の手を取り、もう一方は私の腰に添えた。

そこで、私は現実と前世のイメージのギャップを思い知ることになる。

ダンスって難しすぎる。

「あっ、間違えた」

私の足が全くいうことを聞かない。

そういえば、前世でも運動不足がたたって足がすっかり弱り、階段を踏み外したのだった。

私が転びそうになると、エドワードが腰をぐっと引き寄せて支えてくれる。

――ひっ、近い！

笑っていないけど、やっぱり顔がいい。

運動している分、髪がほころびぎみなのもいい。

動くと香油《こうゆ》の匂いがする。日頃私が押しつけている、さまざまな香りのお風呂ポーションを使ってくれているのだ。

「わわっ」

よけいなことを考えていたら、またつまずいた。

「大丈夫ですか？　お嬢様」

「え、まあ……それよりエディの足を踏んじゃってごめんなさい！」

「かまいません、どうということはありません」

そこで体勢を立て直し、くるりとターンするところでまた彼の足を踏んでしまった。

「ひゃっ、ごめんなさい」

さすがに今度は思いっきり体重をかけてしまったので、エドワードの眉が一瞬歪《ゆが》んだ。

その顔がまた艶《つや》っぽいのだ。

「お気になさらず」

前世では指先だけでダンスモードができたけれど、全身を使って踊るのとはわけが違う。

エドワードを特訓しようなどと思っていた私はとんでもない勘違いだ。

特訓が必要なのは私のほうだった！

私が下手過ぎだからだろう、エドワードはずっと呆《あき》れたような顔だった。

いやいやダンスはつきあってくれたものの、一曲踊り終わるとすぐに、

「もういいですか？」

と冷たく言われてしまった。

「お嬢様は病み上がりで、まだ足元がおぼつかなくていらっしゃるので」

とフォローしてくれたものの、言外に「何度足を踏むのだ、このへたくそが」という怒りが込められているような気がする。

「え。ええ……ごめんなさい」

「このとおり、俺はダンスなどなんでもありませんが、お嬢様のほうがもう少し練習されたほうがいいのではありませんか?」

全くそのとおり。

ダンスもまともに踊れないのに、王宮に行こうなんて甘く考えていた。

しかし、ミューズ夫人だけはやる気を買ってくれた。

「お嬢様、最後までよく努力なさいました。私は感動しております」

たった一曲でこんなに感動されるなんて、私はこれまでの不真面目さを反省した。

ダンスが終わるとすぐに、ミアが駆け寄ってきた。

「アビゲイルお嬢様、撮れましたよ、いいのが」と満面の笑み。

「お嬢様を休ませて差し上げるように」

エドワードはミアにそう言って立ち去りかけたが、私の足がたった一曲でわなわなと震え、生まれたての小鹿みたいになっているのを見とがめると、戻ってきた。

それから、私をひょいと抱き上げる。

「えっ、ちょ、待っ……」

これは傍《はた》から見るととてもロマンチックな図だ。

所領随一の美青年が伯爵令嬢を横抱きにして歩いていくのだから。

彼は表情の読めない顔で、無言で私を部屋の前まで運び、ミアに託すと今度こそ本当に、一礼して立ち去った。

その凛々《りり》しく美しい後ろ姿が完全に私を拒絶しているように思えて、私は不安だった。


——私、エディに嫌われてたのかな……！


前世を思い出したせいか、エドワードの表情が今までと違って見える。

狭い世界に住んでいた私は、ただ彼の姿を目で追い、まとわりついていればそれで楽しかったけれど、彼の立場や気持ちのことは全く考えていなかったのだ。

第二章　エドワードの事情

「はあ……全く、お嬢様は正気だろうか？　俺が宮廷に出るなんて。考え直してくれたようだからよかったものの――しかし、お嬢様のことだから、あのままおとなしく引き下がるとも思えない」

　エドワードは小姓の部屋に戻り、マントを脱いだ。

「まあ、昔からありきたりの令嬢ではないがな」

　ダンスのレッスンをしましょうと言われた時は、正直驚いた。

　彼女はいつもミューズ夫人から逃げてサボってばかりいたのに。

　だが、ダンスの練習につき合うといってめかし込んでいたお嬢様はこちらの理性を失わせるほど美しかった。

　キメラ撃ちの後の激痛を引きずっていたこともあり、リードに余裕を持てなかったことが悔しい。

　お嬢様の練習不足で、足がもつれてグダグダだったこともあるが。

　――もっとずっと踊っていたかったな……いや、それは許されない。

　なぜかお嬢様は従者の中でも彼をやたらかまってくるので、他の者に示しがつかない。

　こうして個室まで与えられた時は固辞したが、結局はお嬢様のきつい命令に従っている。

今となってはそれはよかったと思う。

お嬢様が普通の令嬢でないことは確かだ。

まず自分の身より従者のエドワードの身を飾りたがるのがおかしい。

何が面白いのか、彼女はそれらの貢ぎ物を試着させ、カメラスコープで撮るのだ。

いつだったか訓練中のエドワードを木の上から撮ろうとして落ちたこともある。

間一髪、この両腕でお嬢様を受け止めたが、あの時は、生きた心地がしなかった。

侍女のミアの話では、お嬢様はお小遣いを自分の装飾品には使わず、全てエドワードの服や武器に注ぎこんでいるそうだ。

それでも、彼女は社交嫌いなので、クローゼットの中は袖を通したことのないドレスばかりなのだとか。

お嬢様が社交嫌いなのには理由がある。

彼女は幼い時、伯爵の遠縁から行儀見習いにと託された小娘から悪質な嫌がらせを受け、それ以来、人とつき合うことが怖くなったのだ。

エドワードが気づいて証拠《しょうこ》を掴み、お嬢様を救うことができた。

虐《いじ》められていたことを誰にも言えずに思い詰めていた幼いお嬢様がようやく笑顔を取り戻した時、これからもずっと、何があっても自分がお嬢様を守りたいと思った。

そんなことを思い出しながら、彼はマントをクローゼットに収め、腰のベルトから財布を外して留め金に引っ掛けた。

出かける時より財布が重い。

――また知らぬうちに増えてしまったか。

そうしているこの瞬間にもまた、財布の中から「チャリン」という音が聞こえた。

これはお嬢様からもらった『魔法の財布』だ。よい行いをすると自然にマウロ硬貨が貯《た》まるという、子どもを道徳的に教育するためのものらしいが、後に、お嬢様は『誰かがあなたを褒めると貯まるように設定し直した』と言った。

何にせよ、お嬢様が幼い手で彼の愛称の「エディ」の文字を刺繍《ししゅう》してくれた貴重な品なので大切にしており、貯まったマウロはお嬢様に返している。

お嬢様の贈り物の大半は彼女の小遣いで買ったものだが、時には奥様がお嬢様のために誂《あつら》えたドレスを内緒で換金してまで購入した武具もあったと知った日には、エドワードは青ざめ、すべて返却した。

お嬢様の厚意が不快というわけではない。

彼女は八歳の時、錬金の竈で白手袋を錬成した。

何十回も失敗して、初めて成功したという白い手袋を差し出し、「これあたしがつくったの」と言ったお嬢様はとても愛らしかった。

エドワードが「光栄ですが、もったいなくてつけられません。家宝にします」というと、彼女は「だめ、いまつけるの」と言ってきかなかった。

言われたとおりに手袋をはめると、お嬢様は上気した顔で言った。

「いっしょう、そうしていなさい」

成長すれば手はどんどん大きくなるから一生嵌《は》め続けるのは無理だが、そんなふうに言う彼女が可愛《かわい》いと不謹慎ながら思ってしまったことは秘密だ。


そんなお嬢様を常に守るためには、もっと強くなろう。

そう思っていたが、甘かった。

キメラ駆除の実戦訓練が始まった時、自分の限界をいやというほど知らされた。

魔術攻撃だけはどうあがいても上達しなかったのだ。

社交術も学芸も抜きんでたのに、魔力が極端に弱い。

これは先天的に決まってくるものらしく、訓練すれば伸びるというものでもない。

二歳年下のライバル、キリアンにもすぐに追い抜かれた。

これが家柄や血統というものの差なのか？

王族は強い魔力によって国を護《まも》っているし、魔力の強さと爵位の高さは大きく関係している。ノワイエ伯爵は野生のキメラを放って実践練習場にしているが、それは強い魔力があるからこそできることだ。

あのいたいけなお嬢様ですら、小キメラを撃つ正確さは使用人たちでは全く敵《かな》わない。

対して、エドワードは無理をすると、その直後の体力消耗と痛みが激しく、訓練中に気を失いそうになる。血筋のせいとしか思えなかった。

初めて、エドワードは自分の生まれを——それも不明なのだが——呪った。

——俺はどう頑張っても、完全にお嬢様を守ることはできないのだ。

その失望感から、エドワードは笑わなくなった。

お嬢様を守るのは自分ではない。

だから、少しずつ距離を置くようにしたのだが、お嬢様は相変わらず人懐っこくやってきて、笑顔を振りまき、カメラスコープでエドワードを撮りまくって満足して去っていく。


そこに、『お風呂が沸きました』という抑揚のない声が聞こえた。

お嬢様が山ほど作ったお風呂ポーションの機能によるものだ。

ただの従者に個室どころか浴槽まで与えて、毎日の入浴を強制する変わった主だ。

——俺はよほど汗臭いのかもしれない。

気まぐれのお嬢様からいつ呼び出されても、清潔な身なりでかけつけられるよう、エドワードは彼女の言いつけを守って風呂に入った。

お風呂ポーションの中に、ランダムに封入されている香油は、今日はミントの香りだ。

不思議なことに、風呂に入っていると、訓練中についた傷の治りが早い気がする。

——なぜ、お嬢様は俺に肩入れするんだ？

出自《しゅつじ》もわからない身の上なのに。

森番のボブソンによると、エドワードがキメラの森を彷徨《さまよ》っていたのを見つけた時は、名前も年もわからないし、言葉もよくわからなかった。

身体能力的に三歳に満たないくらいだろうと判断され、ボブソンが名前をつけ、育てた。数年経《た》ち、何を思ったか、ボブソンはエドワードを伯爵に託した。

森番には向いてない、という理由だった。

父と思っていたボブソンに見捨てられたようなものだが、不思議と悲壮感は感じなかった。

ただ、伯爵家の小姓になるにあたっては身ぎれいにしなくてはならず、丸洗いされたのは怖かった。

あの時は城の使用人たちも気づかなかったし、育ての親すら気づいていないのか、言及したこともないが、エドワードの身体にはある特徴があるのだ。

エドワードはそっと背中に手をやる。

キメラを撃った後、激しく痛むのがそこだ。

最初は薄く、成長するにつれてはっきりと浮き出てきた図形。円形の枠に星のような形が内接し、奇妙な文字が描かれている。おそらくどこかの貴族の家紋だと思う。

こんな烙印《らくいん》を施されているのは、奴隷ぐらいだろう。

これが知られたら、お嬢様の従者ですらいられなくなるかもしれないので、エドワードはひた隠しにしている。

――特に、キリアン。あいつだけには絶対に知られてはならない。

こうしてエドワードが魔力の限界を感じて覇気がなかった時期も、お嬢様の態度は変わらないどころか、日に日にストレートになっていく。

エドワードが十代後半、思春期というセンシティブな年ごろになっても、十を過ぎた少女がいきなり背中をパンと叩いたり、袖を引っ張ったり、時に腕を絡めてきたりするのは……まあ、子どもの悪戯《いたずら》と見過ごしてきたが、周囲の目は気になった。

城内の庭園で小姓と訓練をしている時ですら、彼女はかまわず身を摺《す》り寄せてきた。

ふわふわした髪がくすぐったく、たまらなく甘い気持ちになったりもしたが、他の小姓の目を意識して、そっけなくふるまったりもした。

幼いながらも、十歳で既にお嬢様には風格があり、小姓たちの憧れの的だった。

いらぬ妬《ねた》みを避けようにも、お嬢様は何彼となく接近してきて、それがまた近すぎるのだ。

何度エドワードは「良家のご令嬢らしいおふるまいを」と頼んだであろうか。

お嬢様が自分を気に入っているのだろうということはなんとなくわかっている。

しかし、だとしたらなぜ今、宮廷に行こうなどと言うのだろうか。王女の目に留まって召し抱えられる——それは伯爵家を出てお嬢様から離れてしまうということだ。

ありえないことだと思うが、お嬢様がそれを本気で望んでいるとすれば、エドワードを傍《そば》に置いておきたいわけではないということになる。

それがエドワードにはショックだった。

「もう俺には飽きたのかな……」

しかし同時に、エドワードが宮廷に伺候《しこう》できると言うなら、お嬢様との身分の不釣り合いも考えていないということか？

お嬢様は日ごろの行いが変なのでいつもお傍にいるとそのことに思考を持っていかれるが、十八歳になって、ますます美しくなった。

その金色の睫毛は、お嬢様が「見て見て、小さい魔石が三つ乗った」と言って見せにくるくらい長く豊かだ。

唇も小さく愛らしい。奇妙な発言さえなければ本当にうっとり見とれてしまう。

黙ってたたずんでいれば、奇行がバレなければ間違いなく求婚者が殺到するだろう。

お嬢様が社交界嫌いで十八歳になってもまだ社交デビューしていないからよかったものの。

だが、王宮へ行ったらどうなる？

求婚者が山ほど現れて、あっという間に縁談が成立するに決まっている。

――俺ではだめですか？

そう考えて、エドワードはぶるぶると首を振った。

「だめに決まっている」

入浴を終えたエドワードは浴槽から出て、身体の水気を拭い、洗いざらしのシャツとズボンに着替えた。

彼をあざわらうように、足元を黒いゴキメラが歩いていく。

エドワードはキッとそれを睨《にら》みつけ、手をかざした。

「せいっ」

殺気を感じて逃げるゴキメラを追い、撃つ。

我ながら狙いは正確だが、魔力は弱々しい。

しかも――。

「うっ……」

魔術を使った後に必ずやってくる背中の激痛。奴隷の烙印《らくいん》がもたらす痛み。

これは、奴隷が魔術を使うという傲《おご》りに対する戒めだろうか。

森の練習場ではお嬢様の前でうめき声など漏らさないし、平静を装うよう努めたが、お嬢様は何かおかしいと感じていたようだ

いったいどうすれば強くなれるのか、まったく糸口が掴めない。

「だから――お嬢様に俺が釣り合うはずなど、ない」

まとわりついてくるお嬢様に冷淡な態度をとって、彼女から離れようとしているのは、自分が勘違いしそうになるからだ。

ひょっとしたら、その小さな手を取って、握りしめてもいいのではないか。

華奢《きゃしゃ》なあの身体を抱きしめても許されるのではないか――と。

＊　＊　＊

その翌日のことだった。

私はミアと一緒に中庭を散歩していた。

エドワードにダンスのレッスンをしろなどと言っておきながら、自分が惨憺《さんたん》たるありさまだったので、足を鍛えねば！　と一念発起したのである。

「あんなに運動嫌いだったお嬢様が……」

「さすがに、ダンス一曲踊ってフラフラになるようではね。……まあ、私が誰かに誘われることはないと思うのだけれど、このままでは王女殿下生誕祭の儀式すらまっとうに参加できないから」

「そんなご謙遜をおっしゃって。王宮のご立派な紳士に申し込まれたらどうなさるんですか？　お嬢様は妙齢なのですし」

「ない、ない」

と言って笑いさざめいていた時、薔薇の茂みからにゅっと人影が現れた。

「ぎゃーっ、何者!」

と、ミアが叫び、私はキメラ襲来に備えて身構える。

「待て、俺だ、俺」

馴《な》れ馴《な》れしい態度でそう言ったのは、よく見ればキリアンだった。

彼は当家の遠縁に当たるブロー子爵の息子で、子どもの頃から伯爵家の小姓として修行に来ていた。

性格も悪いし、特にエドワードにつらく当たるので私は大嫌いだ。

「はあ、驚きました……」

ミアが胸をなでおろす。

「驚かしてすまん。アビゲイル……その、ダンスのことだが……王宮で俺と踊ってほしい」

「は?」

彼も同行するなど、聞いていない。

しかも、いつも小姓たちに威張り散らしているのに、今日はへらへらして何だろう。

「アビゲイルも不安なのだろう? 誰からも誘われなかったら惨《みじ》めだと」

「いえ、そのような心配は無用よ。私は壁にくっついているほうが落ち着くの。むしろ、相手の足が使い物にならなくなるほうを心配します。私、踊りがすっごい下手なので」

「口ではそんなことを言っても、王宮でそんな見苦しいことになりたくないだろう」

私は身分をあまり気にしないほうだが、キリアンのこのふてぶてしさは癇《かん》に障る。

彼は遠縁の者だからと、大した実力もないのに騎士叙任《じょにん》されたのだ。

魔力はエドワードより若干強いかもしれないが、ふるまいや品格は全く彼に及ばない。

そもそも家柄の良《よ》し悪《あ》しは運であって、本人の努力ではどうしようもないことだ。

「よけいなお世話よ、あなたには関係ない。わかったら行って」

「そうですよ、お嬢様が惨めなんてこと絶対にありません！」

ミアも加勢してくれた。

キリアンは邪悪そうな表情で笑った。

「下賤《げせん》な小姓を追いかけまわしている淫乱な令嬢という噂《うわさ》が広まれば、どうかな。昨日もあいつに抱かれていたではないか」

なんというやらしい言い方！　キメラなら即撃ちしてやるのに。

「お嬢様を侮辱したら許しませんよ！」

ミアが食ってかかると、キリアンはこともあろうに、「黙れ」と言ってミアの頬を叩いた。

「きゃあっ」

ミアはしりもちをついたが、歯をくいしばり、衝撃に耐えるとすぐに立ち上がった。

「ミア、大丈夫？」

私はミアを支え、キリアンに対峙《たいじ》した。

「よくも私の侍女を叩いたわね！　あなたの今の行いこそが、騎士の道に外れているのがわからないの？　お父様に報告します」

「俺は忠告しているんだぜ、お館《やかた》様の大事な娘さんだからこそ、悪い噂を立てられないようにと気をもんでいるんだ。ミアはアビゲイルの監視役として全く役に立たないから仕置きされて当然だ。あんな下僕を平気で近づけさせて——俺は」

キリアンはそこでひと呼吸おくと、勝ち誇ったような顔で言った。

「お館様のお許しが出たらアビゲイルに求婚する」

それには衝撃と嫌悪感で一瞬頭がくらりとなった。

子爵の息子のキリアンが、私に求婚？

たとえこの男が公爵令息だったとしてもお断りだ。

考えただけで、皮膚がざらざらして痒《かゆ》くなってくる。

「ありえない……今すぐ目の前から消えて。あなたと結婚とか、絶対にないから」

すると、キリアンの顔が怒りで赤くなった。

こんなカッとなりやすい男は、妻を娶《めと》ったら横暴になりそうだし、何より惹《ひ》かれるものがひとつもない。卑劣な悪党だ。

「なら、こうしてやる」

彼はそう言って、突然私の肩を掴んだ。

「あっ」

乱暴に私を引き寄せようとして、いったい何をするつもりだろう。

「誰か、来て！」と私は叫んだ。

「お嬢様に何をっ」とミアが二人の間に割って入る。

「どけっ、下女が！　アビゲイルは俺のものだとわからせてやるんだ」

ミアがまた叩かれて、悲鳴を上げた。私はもう彼女を盾になんてできない。

かといって自分で彼を打ち負かすこともできない。こいつがキメラだったらいいのに。

私はキリアンの思いどおりになるものかと、うずくまって身体を縮めた。

彼は私の腕を掴んで立たせようとしたが、必死で拒む。

地面に倒されたミアにすがって耐えていた時、慌ただしく駆け付ける靴音が聞こえた。


「キリアン、きさま……！」

エドワードはその場面を見た瞬間、頭に血が上《のぼ》った。

伯爵の遠縁だろうが子爵令息だろうが、関係なかった。

アビゲイルの肩を乱暴に掴み、何をしようとしているのかしらないが、彼女は嫌がっているし、恐怖さえ感じているのは明白だ。

昔、お嬢様が木から落ちそうになる瞬間も、彼女がキリアンの妹にいじめられていることを知った瞬間も、今と同じだった。

相手が誰かなんて関係ないのだ。

エドワードはキリアンの衿《えり》を掴んでアビゲイルから引き離した。

そして彼女たちから遠ざけるように、キリアンを石畳に転がした。

「何をしやがる！」

キリアンが顔を真っ赤にして怒鳴っている。

「お嬢様、大丈夫ですか？」

エドワードが彼女を助け起こすと、彼女は真っ青な顔をしながらも頷いた。

「でも、私よりミアが……あっ、エディ、後ろ！」

振り向くとキリアンがようやく立ち上がったところだった。

「てめえ！」

やつは立ち上がって反撃しようとしていた。

「お嬢様、ミアとあちらへ避難していてください」

騒ぎを聞きつけて警備兵がやってきたのを確認したところで、キリアンのパンチを交わし、その隙だらけの脇腹に拳を食い込ませた。

「うぐっ。こ、この……っ、俺を、誰だと……思って」

キリアンが切れ切れの言葉で威嚇しようとしているが、エドワードは顔色も変えずに答えた。

「掃きだめのクズ、いやそれよりももっと有害な暴漢だ」

「なにぃっ」

キリアンがまたかかってきたが、最初の一撃だけでかなりダメージを受けているはずだ。

ふらふらしながら、自分の取り巻きを目で探している。

「おい、おまえら……こいつを袋叩《ふくろだた》きにしろ」

キリアンに命じられ、やつの腰巾着《こしぎんちゃく》が数人、束になって襲ってきた。

だが、皆、ぬくぬくとした環境で、修行にも手を抜いてきた連中なので相手にもならない。

エドワードは一人目の腹に拳を入れ、二人目の攻撃を一ミリ差で避けてそいつの胸倉を掴んで一人目の男の頭に激突させた。

三人目には蹴りを入れ、四人目は首筋に手刀。

お嬢様が野盗に襲撃された場面を想定して、いつも鍛錬してきた。

「ひっ、助けてくれ、ぼくは何もしてない」

五人目は、エドワードが睨《にら》んだだけで腰砕けになって逃げていった。

本当なら全員、再起不能にしたいところだが、今許せないのはキリアンだ。

エドワードは難なく助《すけ》っ人《と》を捌《さば》いてキリアンの前に立った。

キリアンは怒りと恐怖の混じった表情で怒鳴った。

「卑しい男め！　アビゲイルをおまえなどに渡すか、身の程を知れ」

「お嬢様を呼び捨てにする権利などおまえにもない」

エドワードはそう言い放った。

キリアンは獣のように喚《わめ》きながら飛びかかってきた。

望むところだ。殴ろうとしてきた、やつの腕を掴み、腹部を膝で打つ。

崩れ落ちるところへ止めの拳骨《げんこつ》を見舞ってやろうとした時――。

「エディ、もうやめて……！」

愚劣な男たちの攻撃より、いちばん効果的なのはお嬢様の命令だった。

エドワードはその手を止めて、キリアンを見下ろした。

もう目がとろんとして戦意喪失しているのが明白だった。

「……わかりました、お嬢様」

そしてキリアンに背を向けた瞬間、やつはいつの間に手にしたのか、抜身《ぬきみ》の剣で切りつけようとした。エドワードはとっさに回し蹴りで剣を叩《たた》き落《お》とす。

何の痛手もない悪あがきだったが、キリアンの剣先は、一瞬エドワードの背中をかすめた。

薄地のリネンのシャツは破れて、エドワードの上半身を晒《さら》すことになる。

キリアンは昏倒《こんとう》しながらも、憎いエドワードの弱点をようやく見つけたようだった。

一瞬、驚愕《きょうがく》の表情をし、そのあと薄ら笑いを浮かべ、気絶した。

何を笑っているのかと、エドワードは思った。

今まで隠していたものが、白日の目に曝《さら》されたという事実に、その時は気づかなかった。

お嬢様に暴力をふるったキリアンへの怒りで、考えが及ばなかったのだった。

＊　＊　＊

この事件の顛末《てんまつ》についてはお嬢様とミアの証言もあり、エドワードに非はないはずだった。

しかし、キリアンはエドワードにとんでもない置き土産を残していた。

二人の言い分を聞こうとしている伯爵に、キリアンは暴露した。

「そいつは奴隷です。背中に奴隷の烙印があるんです、ご存じでしたか？」

それは、キリアンの愚行についてなんの言い訳にもなっていないが、エドワードの誇りを完璧にくじくものだった。

しかし、伯爵は驚いた様子もない。

「そんなことは知っておる。それと今回のことは無関係であろう。わしの娘を愚弄し、嫌がる娘に暴力を振るおうとした事実は見過ごせぬ。キリアン、すぐに出ていけ。騎士になれたのだからもう十分だろう、遅いくらいだ」

と伯爵は言い、烙印のことでエドワードを責めることはしなかった。

武芸において最大のライバルだったキリアンが去っても、心は晴れない。

――お館様は、この背中の烙印をご存じだった……。

その事実が、エドワードを打ちのめす。


エドワードは伯爵に頼んで半月ほど休暇をもらった。

「やはり行くのか？　フェルケスカス山へ」

伯爵の言葉に、エドワードはきっぱりと答えた。

「はい。一度は行こうとして成し遂げないままになっていましたから」

「騎士団長の許可もおりていないのにか？」

「はい。このままでは何のお役にも立てません。王宮に行くまでの警護すらままならない、こんな弱い自分が許せないのです。王宮行きまでには戻って参ります」

そこへ伯爵夫人が口を挟んだ。

「何もキメラを殺すだけが大事な務めではありませんよ。あなたにはほかにもよいところがあるでしょう？　武芸も教養も、人一倍努力していることを私は知っていますよ」

「人はなにがしかの魔力を持っています。キメラを攻撃する魔術、人を癒す魔術、結界を張って防御する魔術――しかし、私にはどれひとつとしてありません」

「一応、キメラは退治できるじゃないの。照準もタイミングも完璧と聞いていますよ」

「ですが……威力が弱いのです。それに、私の生まれについてはキリアンの言うとおりです。これまで。隠していて申し訳ございませんでした」

烙印のことを初めて、自ら言及した。

「そんなこと、ボブソンから預かった時に、知らされずにいたと思うか？　それは奴隷の烙印などではなかろう、おそらく何かの呪《まじな》いではないか。ボブソンはおまえの資質を見抜いたからこそわしに預けた。そしてわしはおまえをずっと傍においている。それがわしの考えだ」

「しかし、私はもっと強くなりたいのです」

とエドワードは訴えた。

フェルケスカス山で必死で鍛えればもっと腕が上がるに違いない。

騎士団長には、まだ早いと言われているし、実際そうだと思う。

死ぬほどの苦しみを何度も味わうことになるだろう。だが、そこで死んだ騎士はいないというので、自分に虫のいい期待ながら、大丈夫なのではないかと思うのだ。

足りないのは自分の根性だけなのだ、きっと。

伯爵は言った。

「おまえの気持ちもわからんでもない。そこまで言うなら許そう。だが、中途半端はいかんぞ。やるならとことん鍛えて来い」

「ありがとうございます、お館様」

「本気でやれ。聖騎士になるぐらいの意気込みでだ、エドワード。おまえは自分に価値があることを自分で信じていない。その苦悩から解放されるには、それしかない」

伯爵の言葉に、夫人が一瞬瞠目《どうもく》し、それから気遣わし気にこちらを見つめた。

それがどんなに大変なことか、エドワードにもわかる。

最強のキメラと戦い、勝たなくてはなしえない偉業だ。

伯爵は何らかの覚悟を決めたような顔で、こう言った。

「聖騎士になれば誰もおまえの出自を問わぬ。アビゲイルの傍にいることもな」

エドワードは目を瞠《みは》った。

それは、彼女を愛することを許すという意味だろうか。

「それで……修行のことは、アビゲイルには言ったのか？」

「いいえ、どうかしばらく伏せてください」

「そうだな。あれのことだから、ついていくと言い出すに決まっておる。病み上がりでそんなことはさせられぬ」

エドワードは頷いた。それから、腰の革ベルトに手を伸ばし、魔法の財布を取り外した。

「これをお返しいたします」

と言っている間にも、財布の中でチャリン、と音がした。

「どうしてこれを？　路銀に持っていくがよいぞ」

「いいえ。アビゲイルお嬢様には十分よくしていただきました。もしも王宮へ経《た》つ日になっても私が帰らなければ、これをお館様からお嬢様にお返しください。お嬢様が要らないとおっしゃったなら、恵まれぬ者たちの糧となるよう、役立てていただきたいと存じます」

「立派な心掛けじゃ。よくわかった。しかし必ず帰ってこい」

「そうよ、アビーを泣かせないでちょうだいね。本当のところは、私たちはあなたが騎士であろうと何であろうと関係なく、ずっとアビーを守ってほしいと思っているのよ」

と夫人が言い、伯爵はエドワードの肩を叩き、それぞれ励ましてくれた。

＊　＊　＊

こうしてエドワードは密《ひそ》かに旅立ったが、その秘密は思わぬところから露呈する。

エドワードは隣の町までおつかいに行った、と聞かされた私は、彼のいない間に新しい肖像画を飾ろうと思った。

ダンスのレッスン中にミアが撮ってくれていた彼の絵姿を額縁に入れて広間に飾る。通りかかった人が賛美の言葉を唱えるたびにエドワードに渡しておいた魔法の財布にマウロが貯まるしくみだ。

彼は驚くだろうが、旅の途中では何があるかわからないから、お金に困らないようにという私なりの気遣いである。

ところが、「ほう、それが最近のエドワードの肖像画か。なかなかの色男であるな」と言って隣でそれを眺めていたお父様の外衣の下からチャリンという音が聞こえてきたのだ。

「え？」

私は驚いて、お父様に詰め寄った。

「どうして、お父様から魔法の財布の音がするの？」

「いや、これは――違うんだ、その」

私は、お父様の腰に下げている財布を見た。

「それ、私がエディにあげた財布でしょう？　エディって名を刺繍《ししゅう》してあるもの」

「そ、そうなのか？　そうだったのか、あ、そうか～。いや、落ちていたのを拾っただけだ。エ、エドワードもそそっかしいなあ」

「お父様ったら従者の財布をねこばばするなんて」

「すまん、すまん。後で、誰のものかと尋ねるつもりだった」

「もともと私があげたんだから、私から返しておくわ。ああ、彼、困っていなければいいけど」

そう言って、私はエドワードの帰りを待ったが、彼は何日も帰ってこなかった。

隣町までおつかいってそもそも何の用だろうか。

「エディにいったいどんな用事を言いつけたのですか？　お父様」

「か、買い物だ。サプライズなので中身は言えぬ」

「サプライズってこと言っちゃってもいいの、お父様？」

「あやや、口が滑ってしまったな。そうわしを責めるな」

お父様に聞いてもはっきりしないし、棒読み口調なのがそもそもおかしい。

私は錬成室の棚を調べた。

追跡のポーションがあったはず……。

それから、小姓に頼んでエドワードの個室を探らせた。

「エドワードの髪の毛を探してもってきてほしいの」

「髪の毛、ですか……」

「黒髪だからすぐわかるでしょ。他に誰もいないし」

まるで、不審死を遂げた人の身元確認みたいで不吉だが、追跡のポーションにはその相手のＤＮＡが必要だから仕方ないのだ。

「ありました」

ベッドの枕に落ちていたという黒髪を受け取り、小姓にはお礼に小さな魔石をひとつあげた。

部屋の片隅の錬成窯の前で、エドワードの髪の毛をポーションの瓶に入れる。

コルクの蓋をし、その瓶を摘まんで、ゆっくりと振り混ぜる。

エドワードの黒髪は紫色の液体の中でじわじわと溶け、液体がマーブル模様になった。

ポーションの瓶をさらに揺らすと、中身が泡立って来た。取説どおりの反応だ。

「もういいかしら」

私は窯の隣の作業台にある、水晶玉のてっぺんからその液体を注ぐ。

その球面に地図が現れ、ある一点が輝きはじめた。

「やはり……フェルケスカス山じゃないの。ひとりで行くなんて！」

ツグメラ退治をした時も憔悴《しょうすい》した顔をしていたから、自分の弱さに嫌気がさして鍛錬に行ったのに違いない。騎士団長の許可なく行ったのだとしたら……自分で癒しポーションを飲めないほどの重傷になったらどうするつもりなのか。

「ばかね。すぐ行くわ……」

しかし、私がいなくなったら城は大騒ぎになるだろう。

「ああ、こういう時こそあれの出番なのね」

私は『身代わりポーション』に自分の髪の毛を一本入れて揺らした。ポン、と音を立ててもうひとりの私が現れた。

「わあ面白い！」と私が言うと、

『ワー・オモシロイ』

若干ぎくしゃくした口調でその分身が私の口真似《くちまね》をした。

不自然にならないように、私は身代わりに自分がよく使う言葉や相槌《あいづち》のうち方を覚えさせ、それから一日の生活のスケジュールを設定した。

「じゃあ、あとをお願いね」

身代わりにそう言って、私は追跡ポーションによって水晶玉に映し出された輝くポイントに触れた。

第三章　強くなりたい

フェルケスカス山に来て三日目――。

エドワードの心は既に折れかけていた。

白い岩山の頂上には、古の攻城機械の残骸や、昔の城跡だったらしい遺構が転がっている。

ここには何百年も前、巨大な城塞が建てられていたが、大型のキメラが徘徊《はいかい》するようになり、人はそこに住むことを諦めてしまった。

転がっている白い柱や城壁の瓦礫《がれき》は避難場所《アジール》になっている。エドワードは白い瓦礫《がれき》の陰に身を潜めながら、自らが倒した中級キメラの死体を眺めていた。

鼻の上に角を持つリノケルメラが硬い皮膚に矢を立てて倒れている。その数百歩先には、大きな翼を持つが飛べないトリケルメラの死体、さらに、小型竜の死体――。

彼が倒したキメラの血で、白い岩地がところどころ赤く染まっている。

――無様な戦い方だ。

魔術で倒せば、なんの痕跡も残らないというのに。

無残な屍《しかばね》も残っているし、大地は血で汚れ、弓矢も散らばっている。

自分が情けなくて、悲しくなる。

――矢を回収にいかなくては。

そう、彼がここに来て仕留めたキメラは半分以上、弓矢で射落としたものだ。

攻撃魔術を使う時の（というより使った後の）激痛を思えば、宮廷術も武術もなんの苦労もなく習得できた。お嬢様には知られていないが、実はエドワードはダンスも楽器も歌もたしなみ、どれも王宮に出しても恥ずかしくないレベルだとお墨付きをもらっている。

武術もそうだ。暴漢からお嬢様を守るために必須だから修行に励んだ。

魔術を使わず、弓矢や剣で戦うことなら、エドワードは誰にも負けない。

でもそれではだめだ。

お嬢様の攻撃魔術に釣り合う実力を得なければ。

しかし、いざ狂暴なキメラを目の当たりにすると、攻撃魔術を鍛えに来たはずなのに、生存本能のなせるわざか、反射的に矢をつがえてしまうのだ。

そしてそれが正確で素早い。百発百中である。

矢を射て五匹の中級キメラを倒すほうが、低級キメラ一匹を魔術で倒すより簡単なのだ。

しかし、矢も無限ではないので、そのうち尽きてしまう。

キメラの飛び交う下、矢を回収し、その途中で襲われたらまた矢を射るという具合で三日経ってしまった。

「ギェエエエエエッ」

上空で濁った声が聞こえ、日が翳《かげ》った。

その瞬間、エドワードは空に向けて矢を射る。

「ギュゥウウウウウウウ」

苦し気なキメラの鳴き声が近づいてきて、目の前数歩のところにドサリと落ちてきた。

エドワードは、その末期の痙攣《けいれん》を見届け、完全に動かなくなると、キメラの首に刺さった矢を引き抜いた。

「六十四匹目」

今度は背後で地響きが聞こえる。エドワードは腰から剣を抜く。

獲物の姿を確かめもしない。振り向きざまに一撃。手ごたえあり。

「グァーッ」

若いリノケルメラだった。

返り血が飛んで、エドワードの白い乗馬ズボンを汚した。

「六十五匹目」

そうつぶやいて、彼はため息をつく。

倒せば倒すほど虚《むな》しい。数が大事なんじゃないのに何をしているのかと思う。

お嬢様がなんのためらいもなく天井のゴキメラを消失させたあの美しい魔術の軌跡が目に浮かぶ。悲しいほどうらやましく、まぶしかった。

遠くて遠くて、どんなに近くにいたって手が届かない存在だと思い知らされる。

——こんなことでは本当の訓練にならない。

エドワードは決意した。

弓を放り投げて丸腰になり、廃墟の瓦礫《アジール》から離れる。

「来い……！」

それに応えるかのように、頭上で翼のはためく音が聞こえてきた。

一羽、二羽、三羽……いや、もっと多い。

キメラが集まってきたようだ。

エドワードは両手を一度握りしめ、それからおもむろに開いた。

「せえいっ」

指先にパワーを集めて放つ。

細い光が数本立ち上がり、上空へと伸びていく。

「ギャッ」

手ごたえありだ。

当てることはできるのだ。

だがその直後――。

「うっ」

彼の背中の、あの烙印の当たりを引き裂くような痛みが走った。

「まだまだ、だ」

彼は崩れそうになる足で踏みとどまり、次の攻撃へと意識を集中する。

「そいやっ」

矢を射る感覚で、すばやく動く獲物に照準を合わせ、攻撃魔術で撃ち落とす。

空を飛んでいるキメラはいい。

周辺を破壊しなくてすむし、力加減がいらないのでキメラも跡形もなく消える。

「く……っ」

激痛は止《や》まないが、ここで止まっていたらやられてしまう。

――お嬢様、見ていてください。俺は必ずやり遂げます。

エドワードは痛みをこらえて、次の攻撃に備えた。

羽ばたきの音が今までと違う。

顔を上げると、目に入ったのは今まで見たこともない大型の竜だ。

一頭で曇天のように周辺を翳《かげ》らせる巨大なシルエット。

全長十メートルはあろうか。

初めて見るキメラに、エドワードは一瞬迷った。
――どこを狙えばいいんだ?
「せええいっ、やっ」
まずは首を攻めた。ザシュッという音がしたが、竜の姿は消えない。
仕損じたらしい。
「くらえっ」
エドワードはさらに追い打ちをかけ、竜の心臓部を貫いた。
地鳴りがするような吠《ほ》え声《ごえ》とともに、心臓部の周辺から竜の姿が消えていく。
ぽっかりとあいた風穴が広がり、青い空が見えてくる。
――仕留めた……。
しかし、最後まで気を抜いてはいけなかった。
消えゆく竜の最後のあがきか、残った鉤爪《かぎ》で一矢報いたのだ。
それはエドワードの肩の弓籠手《ゆみこて》を裂き、その肌に食い込み、肉を引きちぎった。
「ああああっ」
エドワードは昏倒《こんとう》した。もんどりうつ彼に陽光が降りかかる。
巨大竜が完全に消滅し、コツンと音を立てて何かが落ちてきた。
エドワードの目に映ったのは、海の底のように青い、美しい魔石だった。

お嬢様の瞳の色だ。

——お嬢様……俺、やりましたよ。

彼はそれに手を伸ばす。そしてそっと魔石を握りしめる。

これをいちばんに、お嬢様に捧《ささ》げようと思った。

帰れたら、の話だが。

ボロボロになった体の下には血だまりができている。

背中も肩も胸も痛い。

キメラめ、いっそ、背中の烙印を引きちぎってくれたらよかったのに。

地に身を投げ出して空を見るエドワードの視界がまた翳った。

そうだ、キメラはまだやってくる。無尽蔵にいるのだから。

——避難場所へ行かないと……。

空には中型や小型のキメラが滑空している。その数がまた増えてきた。

エドワードは魔石を握りしめ、立ち上がろうとしたが、少し動くだけで血が噴き出す。

その臭いがさらにキメラを集めてしまうのだ。

騎士団長は日頃、ここで訓練しても死ぬ危険はないと言っていたが、とてもそうは思えない。

もし死ななかったとしても、雑魚キメラに体中突かれて原形をとどめないのではないか。

エドワードはベルトにつけたポーションに手を伸ばした。

今、癒しのポーションで体力を戻さなければ、本当にそうなってしまう。

震える手でコルクの蓋を外し、口元へと運ぶ。

そこへ何かが突進してきた。

彼が飲もうとしていたポーションの瓶が叩《たた》き落《お》とされ、岩に当たって砕け散った。

――しまった……！

バサバサという羽音がまた近づいてくる。

エドワードはとっさに身を翻し、同時に敵を撃った。

大型竜にえぐられた肩から胸への傷の痛みに気を散らせたからか、いつもの背中の激痛はそれほど気にならなくなった。というか身体が痺《しび》れてきていて鈍感になっているのだ。

けっこう危険な兆候かもしれない。動くたびに血が流れるし、頭もぼんやりしてきた。

それでも、エドワードはひたすら魔術攻撃を続けた。

いくつかは当たり、いくつは外れて腕や足に攻撃を受けた。

――お嬢様、もう会えないかもしれません。

悔しさで視界がぼやけた。

どうしてこんなに無力なのか。

これではお嬢様を守れない。お傍にいられないのに――！

今や、虫の死骸にたかる蟻《あり》のように、無数の小型キメラが次々に襲ってきた。

このまま消えてしまうのだ、と思った時、エドワードはあの愛《いと》しい声を聞いたのだった。

――エディ……！

＊　＊　＊

私はポーションで身代わりを作ると、それに留守番をさせ、エドワードを追跡した。
馬車や騎馬なら二日かかる道のりを瞬間移動できる。
勇壮な山の頂、白い岩肌、遺跡や瓦礫があるだけの殺風景なエリア。
フェルケスカス山である。
昔から、幾多の騎士見習いが、ここで腕を磨いては騎士になったという伝説の山。
今、上空からその岩場を見下ろし、私はぞっとした。
大中小のキメラの屍《しかばね》が累々と散らばり、時を経て赤黒くなった血痕もあちこちにある。
しかし、その中心に異質なものが横たわっていたのだ。
――あれは、何……？
細長いものに黒い蛾《が》や蟻《あり》がたかっているように見えるが、その黒いものはキメラだ。
まるで何かの動物の死体をむさぼるハイエナみたいに。
私は不吉な胸騒ぎを感じた。

「どこ……エディ？」

そして、息を呑《の》む。

目的地に激突しないよう、地上数メートルのところに浮いていた私は、今目にしているものこそが『目的』そのものだとやっと気づいたのだ。

「エディ……っ！　いやっ、そんな。……追跡《スイーヴィー》エドワード」

私がそう叫ぶと、間違いなくその黒い塊に向かって身体が下りていった。

「見えない。エディが見えない……みんな、あっちへ行きなさい！　立ち去れ《バットン》！」

すると、ザッという羽音が立ち、黒いキメラたちがいっせいに飛び上がった。

「エディ――っ！」

キメラが去って、残されていたのは、傷だらけの騎士だった。

彼はぴくりとも動かず、その身体の下には鮮血が流れだしていて、生死すらわからない。

「エディ、エディなの？」

その間、地上に着くまでのたった十秒ほどがもどかしかった。

最後の一秒は、じたばたと無駄に足を動かして、一刻も早く彼にたどりつけるようにと飛び降りた。

私はその傷だらけの身体の上に覆いかぶさると、これ以上キメラに傷つけられないように、キメラ祓《はら》いの呪文を何度も唱え、そうしてようやく「障壁《ヴァリエール》！」と叫ぶことができた。

すると最初、粘り気のある液体が雨のように降ってきたかと思うと、それらが空中で融合し、表面張力によって半球状の形をなして、二人を守るバリヤーとなった。

「これでしばらくは攻撃されない……。エディ、しっかりして！　どこをやられたの？」

血の臭いに怖気《おじけ》づく心を叱咤《しった》しながら、私は彼の手首に触れた。

体温はまだあるし、脈も弱々しいながら打っている。

肩から腰にかけて、大型キメラの鉤爪《かぎ》にやられたのだろう。弓籠手は裂け、白い乗馬スーツが血まみれになっている。顔には自分のものか、それともキメラの返り血かわからないが表情が見えないほどだった。

私はポーションの栓を抜き、細長い瓶を静かに傾けた。

彼の唇へ数滴落としたが、唇を伝って流れてしまう。ハンカチでそれを拭い、もう一度数敵落とす。

すると、エドワードの身体がかすかに発光し、それが震えた。

彼の中で、癒しポーションが何らかの働きをしているのだと思う。

私はハンカチにも癒しポーションを垂らし、それでエドワードの顔を拭った。

小さな傷はそれだけで消えるが、いちばん深い、肩の傷には直接ポーションを振りかける。

私の知らないうちに、エドワードは、こんなに苦しみ、こんなに血を失い、生死の境を彷徨っていたのだ。私が王宮に連れて行くなんて言ったから。

「ごめんなさい、エディ。ひどい目に遭わせて、ごめんなさい」

私は、彼がただその美しい佇《たたず》まいで王宮を歩くだけでいいと思っていた。

だが、本人の重責《じゅうせき》はそんなものではなかったのだ。

気まぐれな私の言動が、彼をこんなに追い詰めていたなんて。

これでは私を嫌いになるのも当然だ。

「……う……」

彼がうめき声をあげた。

——よかった……ポーションが効いてる。

どんなに弱っていても、生きてさえいれば、ポーションで完全回復できる。

だけど、こんな姿を目の前にしたら——。

私はおろかだった。二度とこんなことはさせない。

そんな切ない思いでエドワードを見つめているうちに、彼の瞼がゆっくりと開いた。

最初は虚《うつ》ろに宙《ちゅう》を彷徨っていた視線が、こちらに向けられ、そこで止まる。

「お……嬢……様」

「そうよ、エディ。しっかりして！　……もっと薬を飲むのよ」

私は三つ目の癒しポーションを開けて彼の口元に近づけたが、なぜか彼の顔が歪《ゆが》み、口をきりっと閉じてしまった。

「どうしたの、飲みなさい。あなた、瀕死《ひんし》レベルの重傷を負っていたのよ」

「じゅ……しょ、う……」

彼はやっとのことで言葉を発したが、こうして助かったことを喜んでいないみたいだ。

その黒い美しい瞳には、失望の色がありありと浮かんでいた。

「これをあとひと瓶飲んだら治るから。ね……おうちへ帰ろう？」

すると、エドワードは首を振って無言の拒絶をした。

「……たく……な……い」

「え？　何？　なんて言ったの？」

「帰りたく、ない。あなたに守られて、こんな無様な姿で、帰れるはずありません」

完全に拒まれてることに衝撃を覚えた。

「ごめんなさい、私が悪かったの。わがままを言ったから！　こんなになるなんて思わなかったの……エディ、ごめんなさい」

エドワードは絞り出すような声で言った。

「どうして俺はこんなに無能なのですか？　なぜ、俺だけ――っ」

ボロボロになった彼の目に涙がたまっていた。

自分の無力さへの絶望と、うかつにもそれを突き付けてきた私への怒り、悲しさとやるせなさが、そんな涙を生んだのだろう。

「もう王宮に行けなんて言わないから早く元気になって。お願いだから。もう魔術なんてどうでもいいの。あなたがいてくれるだけでいいの。エディ、帰ろう」

「俺をこれ以上惨めにしないでください、お嬢様」
私も涙が止まらなかった。
自分の見ていないところで、こんな惨いことになっていたなんて。
知らなかった、ではすまされない私の大きな罪だ。
「……わかった。私と一緒になんて帰りたくないよね」
でもひとりにして、本当に帰ってくるだろうか。
癒しポーションを置いていったとしても、ちゃんと使うだろうか。
自暴自棄になって投げ捨てるかもしれない。
彼は嫌がっているけど、ここに手負いのまま放置していいわけない。
無理やりにでも飲ませないと、大変なことになる。
――もう、いいか。これだけ嫌われたなら、もう……。
私は決心した。
「エディ、ごめんなさい」
私はポーションを自分の口に含む。
エドワードの黒い瞳が大きく見開かれていた。
彼の上に覆いかぶさり、彼の顔の横に手をドンとついて、顔を傾ける。
そして、彼の唇に私の唇を重ねた。

彼は抵抗しなかった。そんな力さえ残っていなかっただろう。

こうして、彼の口に癒しポーションを流し込む。

ごくりと嚥下《えんげ》する音を聞き、私は身体を起こした。

セクハラもいいところだ。もう彼は絶対に私のことを許さないだろう。

それでもポーションの効き目は大したもので、エドワードの青ざめた顔が、たちまち血の気を取り戻した。

——もう、大丈夫ね。

「あとは、あなたの好きなようになさい。でも、絶対に帰ってこないと許さないから」

私はそう言って、立ち上がった。

エドワードのために回帰のポーションを一つ彼の手に握らせ、それから私自身のために残していた同じものを開ける。

「回帰《ルトゥルネ》！」

私は瓶の中身を空中に振りまきながら、そう叫んだ。

次の瞬間、私の身体は障壁から飛び出して、宙に浮いていた。

そして、身代わりの待つ自室へと戻ったのだ。

＊　＊　＊

私が戻った時、身代わりは設定したとおりにお風呂に入っていた。

ありがとう、と言って彼女の手に触れると、身代わりはフッと消えた。

「えっ、ちょっと、もう消えちゃうの？　引継ぎは？」

その時、ミアの声がした。

「お嬢様、お呼びですか？　もう上がられますか？」

なるほど、二人同時にいるのを見られたらよくないから、これでいいのだ。

「まだ、まだよ。あと一時間は入ってるわ。考え事したいから」

私はそういうと、急いでドレスを脱いで浴槽に入った。

入浴しながら、エドワードのことを想《おも》い、切なかった。

今まで彼にひどいことばかりしてきた。

まるで人形のように、着せ替えを頻繁にさせもした。花嫁でもそんなにお色直ししないだろうというくらいしつこく、自分が納得いくまで脱がせては着せ、脱がせては着せた。

あまりに美しくて完璧だったから、あんなふうに血を流すなんて思いもしなかった。

生身の肉体を持つ青年になんということをしてきたのだ、私は。

さらに、彼の画像を大広間や城門前などに飾ってマウロを稼いだりもした。

美しいからみんなに見てほしかったのだが、実際にそれをされた側はどんな気持ちがするだろうか。

前世でいえば、写真をたくさん撮られて、それをＳＮＳで拡散されたら。インプレッションを稼げてお金が儲《もう》かったと喜ばれたら——。

——最悪——！

あとでちゃんと彼の肖像画を回収してこよう。

「お嬢様、お早くなさってください。お食事の時間です。お館様も奥様もお待ちですよ」

と、ミアが言った。

「え、ええ。今行くわ。……あ、ミア」

「なんでございますか、お嬢様」

「あのね、大広間に飾ってあるエディの肖像画だけど、下男に頼んであの額縁をこの部屋に運ばせてくれる？」

「お安い御用です、お嬢様。城門のところにあった額はどうしますか？」

「はっ、そうだった。それも回収よ」

「ですよね。あれを見て、大富豪からうちの娘婿にという申し込みや、未亡人が使用人に雇いたいとか——なんのご奉仕をさせられるのやら——、あの美しい若者はいったい誰だという問い合わせが殺到してるんでございますよ」

「そんなことになってたの……！　すぐに撤去《てっきょ》して」

私は冷や汗をかく思いだった。

「お父様、お待たせしました」

私は食堂に行った。

「おお、遅かったな、アビゲイル。それでは晩餐《ばんさん》を始めよう」

「またお風呂に入っていたの？　アビー」

お母様もあきれ顔だ。

「違う、いえ、そうだけど。あのね、エドワードが――」

そう言いかけて、私がフェルケスカス山に行ったことを両親は知らなかったことを思い出した。そんなことがバレたらこっぴどく叱られてしまう。

「エドワードのことをまた心配しておるのか」

お父様に問われて、私は思いっきり頷く。

「そうです。帰りが遅すぎるわ。誰か様子を見に行ってはどうかしら？」

「やめておけ」

無情にも、お父様はそう言った。

「でも……なんの連絡もないし、どこかで災難に遭っていたらどうするの？　財布も忘れていったでしょう。ケガや病気をしていたら？」

実際していたし。私が行かなかったら危なかった。

「ポーションを持っていったはずだ。いい加減、やつを信用してやったらどうだ」

「でも——」

お父様はやさしい目をこちらに向けて言った。

「もういい大人だ、どこぞで寄り道して鍛錬でもしておるのだろう。考えてみろ、エドワードは森で拾われたということしかわからん。素性の知れない男が伯爵の娘と対等になれるとしたら、その方法はただ一つ」

「その方法は……？」

お父様の言うことはばかげていると思う。エディは私の推しだ。対等なんてものじゃない。私からしたら高嶺《たかね》の花というくらい、エディのほうが上だ。でも世間の見方は違う。

世間をも納得させるその方法があるとすれば？

「黒角竜《こっかくりゅう》の魔石を手に入れることだ」

——黒角竜……！

「そんな、無理よ！　誰も遭遇したことのない幻の竜と言われているじゃないの。青竜《せいりゅう》の魔石ぐらいでも宮廷に仕えることはできると聞いたことがあるわ。それじゃだめなの？」

「そうしなければ、エドワード自身が納得しないのだから仕方ないであろう。わしらはエドワードを信用しているし、宮廷に出て恥じない容貌も認めるが、本人がどうしても引け目を感じるのであれば、そうするしかないだろう」

「お父様、……まさか、そんなことをエディに言ったの？」

だとしたら、お父様は残酷だ。

そんなできもしない条件を示して、彼を危険にさらすなんて。

「黒角竜を打ち負かすまで帰ってくるなって？　死ねというのも同じよ」

すると、お母様がどちらにともなく言った。

「そのくらいの奇跡を起こさないと、エディは伯爵の娘の傍にいられないということです。彼の想《おも》いが本物ならやり遂げるでしょう。わかってあげなさい、アビー」

「なに、それ……」

それじゃあ、まるでエディが私を好きで、私と一緒にいるために高い地位を得ようと危険なキメラたちを相手に戦っているみたいじゃない。

そうじゃないのに。

彼は私のことなんか嫌っているのに。

嫌うを通り越して、憎んでさえいるはずだ。

完全にお父様たちは誤解している。

彼の夢は「騎士になること」だと言っていた。

私のことは関係なく、それが彼の希望なのだ。

自分の命を賭けても、強くなりたいんだ、きっと。

でもそこまで思い詰めるエドワードがいじらしくて愛しい。

――でも、待って。ちゃんと彼は帰ってきたかしら。

私は立ち上がった。

「どこへ行く、アビゲイル」

「強制帰還させるの。エディを助けるの」

「そんなことをしたら」

とお父様が言った。

「エドワードはお前を恨むぞ」

そんなことは平気……ではないけど、そもそももう恨まれているから。

「彼が死んでしまうよりましよ」

私はそう言い捨てて、エドワードの個室へと向かった。

＊　＊　＊

エドワードはこれまでにない力が身体にみなぎるのを感じていた。

お嬢様に強制給餌されるような形で口移しにポーションを飲まされた瞬間、背中の烙印の激痛が収まったのだ。

彼女が「絶対に帰ること」という約束を取りつけて去った後も、その効果はしばらく続いた。

さまざまな大型キメラを魔術で攻撃したが、あのおぞましい痛みは起こらなかった。

エドワードはあれほど望んでも叶わなかった強さを得たような気がした。

少なくとも、今この瞬間はあの呪いのような苦痛に縛られずに、自由に魔術を駆使することができるのだ。

面白いようにキメラは消滅し、大小の、色とりどりの魔石を遺《のこ》した。

数時間経ち、あまりに狩り尽くしたのか、キメラの数がまばらになったと同時に背中の烙印が痛み始めた。

また元に戻ってしまうのか。

まだ黒角竜を仕留めていないのに。

そこに小型のキメラが突進してくる。彼は魔術でそれを撃った。

キメラは蒸発するように消えた。遺《のこ》した魔石は小さかったが、拾っておこうと足を踏み出した瞬間、背中に激痛が走った。

魔力切れか……。

彼は癒しのポーションを飲んだが、烙印の痛みはいっこうにおさまらなかった。

それればかりか、むやみやたらに魔術攻撃を連発したのがたたって、一気に苦痛が襲ってくる。

彼は膝から崩れおち、呻《うめ》いた。

額には汗がにじみ、痛みで視界がぼやける。

その端に巨大な影が飛来するのが見えた。

――あれは……。黒角竜。

あれを仕留めれば……。

伯爵は言った。黒角竜の魔石を手に入れて、聖騎士になれば、誰も出自を問わぬと。

王女殿下の側近にもなれるだろうと。

それは、言外に『わしの娘をやれるとしたら、それ以外にない』という意味だと理解した。

――絶対に仕留める。

少し前なら、自暴自棄で差し違えるくらいの気持ちでそう思っていた。

しかし、自分は魔術攻撃が使えることが明確になってから、欲が出てきた。

烙印の呪縛から解放されれば、勝てる。

そしてそれができるのは――。

エドワードは帰還のポーションに手を伸ばした。

＊　＊　＊

私がエドワードの個室に行くと、なんと、そこにはまた傷だらけになった彼がいた。

「エディ！」

よかった。取り越し苦労で。

彼が私の言うことを聞かずに残って、死んでしまうのではないかと思っていたから。

エドワードは気まずい顔をしていた。

「……お嬢様……。こんなところを見られるとは！　……ポーションを補充したらすぐに山へ戻るつもりでした」

「何を言ってるの？　もう行っちゃだめ。これは命令よ」

「あと少しなんです、お嬢様。必ず成し遂げてみせますから、頼みます」

「だめ。とにかく、そこにお座りなさい」

私はエドワードをベッドに座らせ、彼がポーションを飲むのを見届けた。

今回は軽傷といったところか。

目に見える傷はたちまち消えていったが、彼は首をひねっている。

「どうしたの、まだどこか痛い？」

「やはり、さっきほどは効かない……のです」

「さっきほど、って」

「お嬢様が俺に飲ませてくれたあのポーションほどには……」

それは、フェルケスカス山を去る時に、強制的に飲ませたポーションのことだろうか。

「同じポーションよ。効き目は変わらないはずよ」

「でも、違うのです」

彼は頑としてそう言い張る。

その瞳には、もう無念の涙はたまっていないし、虚ろでもない。

むしろ輝いている。何か手ごたえを得たかのように。

「……何が違うの？」

「違うとすれば、お嬢様自ら、俺に注いでくれたことです」

「……え……？」

「試してもいいですか？」

そう言いながら、彼は私の頬に触れてきた。

先日むやみに触るなと言ったのに。

そっちからはいいの？

それでも、彼に見つめられ、触れられるのは嬉しかった。

もう嫌われたと思っていたから。

「いいわ。……どうすればいいの？」

「何もせず、そうしていてください」

彼はぞくりとするような甘い声でそう言うと、顔を近づけてきた。

私は反射的に目を閉じる。

瞼越しに翳ったのがわかる。

唇が重ねられる。

――エディ……？

私は驚いたが、身動きできなかった。

彼はポーションも何も使わず、私に口づけしてきたのだ。

――どうして？　何をしてるの？

頭の中は混乱して、心臓は躍っている。

「ああ……」

いっとき、離れた彼の唇から、切なく色っぽいうめき声が漏れた。

「効く……すごく効きます」

「何が？」

「こうすると、自分が強くなるのがわかるんです。もっといいですか？」

――それって気のせいじゃない？

間違いなくポーションの効き目が出たんだろうに、タイミングのズレでキスが何かの力を与えたと錯覚しているのだろう。

だが、彼にいちばん欠けていたのは『自信』だ。

キスでそれを補えるのなら、それもアリだろう。

「え、ええ……いいわ」

私がそう答えると、彼は心から嬉しそうに微笑《ほほえ》んだ。

——ああ、やっと笑ってくれた……！

私の心の中で魔法の財布がチャリンチャリンと音を立てた。

「お嬢様、いただきます」

今度はもっと強く抱きしめられ、熱い口づけを受ける。

——え、えっ？

いつの間にか、私はベッドに横たえられていた。

山でしたのとは逆転した形で、エドワードが私をベッドに縫い付けている。

唇を何度も重ねられ、私の魂が身体を離れて飛んでいきそうだ。

うっとりするようなキス、どこで覚えてきたのか。

こんな危険な色香を放つ美青年の画像を人目につくところに置いて、見せびらかしてはいけなかった。

「ん……んん……っ」

あまりの甘さに気が遠くなる。

ゲームの世界ではこんな設定なかったよ？

やがて、酸欠になりそうな私は、口を開いて呼吸をしようとした。

そこへ、ぬるりとしたものが入ってくる。

――んんんっ？

舌だ。彼の舌が私の隙をついてこじ入れられた。

私の舌を彼が捉える。

なんという感触。もう一線を越えたといってもいいほどの行為ではないだろうか。

触れている面積はほんのわずかなのに、全身に走る衝撃に、私はおののく。

「んっ、んあ……っ、エ、……ディ……」

ようやくのことで、私が彼の胸を軽く押して、その身を引きはがした。

「エディ、もうだめ、これ以上は――」

すると、彼ははっとしたように目を見開き、一瞬動きを止めた。

その顔は赤らんでいて、目は熱に浮かされたように潤んでいる。

「ああ……すみません、お嬢様」

突然、これまで宙を舞うような心地だったのが現実へと戻った。

「調子に乗ってしまいました。あまりに嬉しくて」

「……え？」

「お嬢様は癒し魔術をお持ちなのですね？　だからだと思うんです。いつも攻撃魔術を使った後の疲弊がひどかったのが、お嬢様の口づけを受けてから嘘のように楽になったのです」

「癒し魔術……いいえ、私は使ってないわ」

するとエドワードは途方に暮れたような表情になった。

「ですが、さっきは確かに効果を感じたのです。お嬢様の口づけで——時間とともに薄れてしまいましたが」

——本当に？

私は怪訝《けげん》な顔をして彼を見返す。

彼は真顔だし、困ったように私を見つめている。その眼差《まなざ》しに嘘も演技も感じられない。本当にそう思い込んでいるのかもしれない。

そうよね、私のことを嫌っているのだから、そんなことを口実にキスなんかしないはずだ。

「本当なんです。お嬢様。では、すぐにそれを証明してきますから、待っていてください。必ず黒角竜を仕留めてきます。今の俺ならできそうな気がするんです」

「エディ……！　過ぎた自信は命取りになるのよ」

「でも、お嬢様は俺を疑っておられるでしょう。俺が戯れにお嬢様を辱めたと——」

「そ、そんなことないわ」

「なら、俺が聖騎士になるって信じてくれますか？」

なんて熱い眼差《まなざ》しだろう。

これが愛の告白なら、誰でもすぐに頷いてしまうだろう。

「信じたいわ。でもね、エディ……心配なの。万一のことがあったら」

「その時は、必ずお嬢様のところに帰ってきます。生きて戻ってきますから、帰還のポーションとお嬢様の髪を一本ください」

「私の、髪……？」

それは、彼がこの個室にではなく、私のところに帰ってくるという意思表示に他ならない。

転生してからずっと冷たかったエドワードがまっすぐ見つめてくれるだけでも感動なのに、私のところに戻ってくると言われると、私の心は舞い上がってしまう。

「わかったわ。絶対に死なないで、戻ってくるのよ」

「はい、約束します。そして、もし俺が黒角竜の魔石を手に入れたら、ひとつだけ叶えてほしいことがあります」

「いいわ。なんだって。私にできることならなんでも」

「その言葉忘れないでください」

そう言うと、彼はもう一度私に口づけて、それからかき消えるようにフェルケスカス山へと去ってしまった。

＊　＊　＊

さっき起こったことがよく理解できなくて、私はぼんやりと自室へ向かっていた。

「アビー、どうしたの？　どこへ行っていたの」

部屋の前でお母様に呼び止められ、我に返る。

「えっと……」

「エドワードを連れ戻しに行く、なんて言って飛んで行ったけどまさか……」

「行ってないわ、お母様。外で頭を冷やしていただけよ」

「そう……そうね、冷静に考えるべきよ。お父様のおっしゃるとおりだと私も思うわ。いくらあなたが気に入っていても、あんまり大きな期待をかけたら、エドワードは困るでしょ？　それともエドワードに王宮に召し抱えられるくらいの地位を持ってほしいの？　そうなればあなたとエディのことをお父様が許してくださるから……ということ？　私はそういうふうに理解しているけど」

「それは勘違いよ、お母様。……でもエディには宮廷でも通用する魅力と実力があるわ」

「アビー。またそんなことを言って。エドワードは騎士見習い。それに見合った家柄の、気立てのいい娘さんと結婚して幸せに暮らすというのではだめなの？　本人はどう言っているの？」

「エディの心は、彼にしかわからないわ」

私はそう言って、それがブーメラン発言だと気づいた。

私にだって、彼の本心はわからない。

だけど、強くなりたいという気持ちだけは本物だもの。

それが誰のためであれ――。

「でも、お母様、私のことまで考えてくれてありがとう。ちゃんと見守るから。無理強いしたりしないわ」

そう言って自分の部屋に戻って今の話を反芻《はんすう》しながら、私はなんだか胸が痛くなった。

お母様の言うように、それに見合った家柄の気立てのいい娘さんと結婚という選択肢があるなんて、考えたくなかった。

確かに、私が肖像画を見せびらかしたせいで、エディを娘婿にと言ってくる裕福な商人とか、愛人にしたがっている地位ある未亡人など問い合わせが殺到しているとミアが言っていたけど。

私みたいに、物品を押し付けたり訓練を強いたりせず、やいのやいのとけしかけることなく、彼を尊敬し――いえ、私だって見下してはいないつもりだけど――、敬愛し、出しゃばらず、彼に尽くす娘さんと結婚したら、彼はなんのプレッシャーも受けず、平和で幸せかもしれない。

重圧から解き放たれて穏やかに幸せな人生を送るエドワードが想像できる。

でも、そこには私は何の関わりもない。

それはなんて寂しいことなの……？

その夜――。

私はエドワードの夢を見ていた。

彼の頭上に見たこともない巨大な黒い竜が浮かんでいる。

――黒角竜……！

前世でキャラクターを入れ替えて六回エンディングを見たけど、その間、私は一度も黒角竜に遭遇したことはなかった。

本当に実装されているのか、プレイヤーの間で疑われたほど目撃情報がない。

その疑惑を払拭するように、『レジェンド』と呼ばれたとある凄腕《すごうで》プレイヤーのゲームライブ配信中に、突然、黒角竜が現れたことがある。

千回以上攻略したというそのプレイヤーですら、黒角竜に遭遇したのはそのたった一回で、しかもその時連れていた彼の従者は助からなかった。

私がゲームを始める前のことで、従者が誰だったかも覚えていない。

その『レジェンド』の動画配信のように、黒角竜が、私の夢に現れた。

これまで見た大型竜の何倍もある大きな翼。

黒光りする鱗《うろこ》、血走った目がえぐいほど怖い。

こんなキメラに遭遇したら回れ右をして逃げ出すしかない。

――逃げて、エディ……！

私は夢の中でそう叫んでいた。

しかし、彼に私の声は届かない。

私自身にも聞こえない。そこは音のない世界だった。

エドワードが魔術攻撃を繰り出し、黒角竜にダメージを与えている。

あんなに弱かった彼が、一度の攻撃で確実に竜を弱らせているのだ。

――エディ！　でも戦ってはだめ……っ。

黒角竜の反撃も半端なかった。

翼を揺らすだけで、その風圧でエドワードにダメージを与えてくる。

それだけでなく、竜が鋭い刃物のような鱗を飛ばしてきた。当たれば騎士の胴体は真っ二つになるというトラウマ必至の逆襲。レジェンドの動画の中では、騎士は一度復活ポーションで蘇《よみがえ》ったものの、二度目の攻撃で逝ってしまったという。

それ以来レジェンドは退会して、動画もすぐに削除されてしまった。

従者を死なせたことがよほどショックだったのだろう。

――エディっ……！

そんなことになったら、今度こそもう二度と会えない。

――やめて、エディ！　もう戻って！

しかし次の瞬間、私は驚くべきものを見た。

エドワードが何か叫んだ。聞こえないけれど、ヴァリエールと言ったのだと思う。

たちまち彼の周りに障壁ができて、黒角竜の鱗を跳ね返した。

――いつのまに防御魔法を身に着けたの……？

音のない戦いは果てしなく続いた。

エドワードの築いた障壁にほころびが見えてきて、いくつかの鱗がそれを通過した。

――だめ、もう逃げて！　エディ！　死んじゃう……っ
彼が両手を伸ばし、何か呪文を唱えた。

その手から青白い光が発せられ、障壁もろとも吹き飛ばして黒角竜めがけて伸びていく。

それは竜の首に当たった。竜は怒り狂ったように真っ赤な口を開けた。

竜ののどの奥が、まるで溶解炉のように燃えている。

竜の背中がうねり、身体全体が震えてきた。とてつもなく大きな力が、その体内でたぎり、マグマのようにあふれてくるのが見える。そこから何か黒い切片《せっぺん》が現れた。

――あれは、レジェンドの騎士を瞬殺した悪魔の鱗。

私は声にならない悲鳴を上げた。そして、夢の中で気を失った。

その後は、地獄に落ちたように苦しい夢にあがいた。

エディが死んだ。

そう思った。

百戦錬磨《ひゃくせんれんま》のレジェンドですらトラウマで引退してしまったのだ。

私が耐えられるはずない。

もう二度と会えない、本当に。

そんなの嫌だ。エディに会いたい。

あの時、どんなに恨まれても手を離すのではなかった。

——エディ……！

やがて、あがく私の手を誰かが握りしめた。

「お嬢様……」

愛しい、甘い声。

——……え？

私は目を開けた。

寝室はまだ暗く、静まり返っている。

暗闇の中で何が起こっているかわからないけれど、私の手を包んでいるこの温《ぬく》もりは本物だ。

「エディ……、エディなの？」

私はその手を自分の両手でしっかりと捉えた。

もし幻なら、消えないようにと思ったのだ。

「お嬢様、痛いです。そんなに強くされては」

少し疲れのにじんだ声だが、そこに笑みも含まれている。

「エディ！」

私は完全に目が覚めて、寝具から飛び出すように身体を起こした。

脇机の上のランプに手を伸ばそうとすると、エディがその手を引き戻して言った。

「明かりを《リュミエール》」

彼は今までそんな日常的な魔法すら使ったことがないのに、その言葉に従うかのようにランプはほんのりと弱い光を放ち始める。

暗闇に、エドワードの顔が浮かんだ。いつものきれいな顔が傷だらけで、さらさらの髪はひどく乱れて、汗や血でところどころ固まっていた。

「強い光はいけません。俺は、今あまりにもひどい恰好《かっこう》なので」

「エディ……本当に、戻ってきたの？　帰ってきたの？」

「はい。約束しましたから」

「胴体は？　足は？」

レジェンドの動画のトラウマに怯《おび》えて、私はそれを確かめることができなかった。

「無事ですよ、お嬢様。ほら」

彼はベッドに寄りかかっていた身体をふと離して、全身を見ろというように立ち上がった。

私はようやく人心地ついて、彼の肩や腕を撫《な》でおろした。

癒しのポーションを傷口に注ぎ、彼の顔を拭う。どれも浅い傷で、すぐに元のきれいな肌に戻った。

「キメラと戦ったの？」

「はい。俺、やりましたよ」

「どうしてそんな無茶をするの？　死んだかと思ったじゃない。ばかっ」

私は嬉しさと怒りの混じった気持ちで、彼にしがみついた。

「褒めてくださらないのですか？」

「怒るわよ」

こんなに心配させたことへの怒りと、無事だったことへの喜びで涙があふれた。

「お嬢様、約束を覚えていますか」

「約束……？」

「黒角竜を仕留めたら、なんでもくれるとおっしゃいました」

「そうだったわね。ええ、なんだって叶えてあげる」

「魔石を見なくていいのですか？」

「いい、そんなのどうでもいい！　エディが帰ってきてくれただけで」

すると、エドワードが私を抱きしめ返してきた。

互いにその存在を確かめるように抱き合い、鼓動を聞いていた。

やがて、エドワードが私の顔に触れて上向かせ、頭を垂れる。

やわらかい口づけを受けて、私は癒し効果のことを思い出した。

「ん……ん、ま、待って。ちゃんとポーションで治さなくちゃ」

「それはもう処置しました。あとはお嬢様の口づけで仕上げが必要なのです」

「……そうなの？」

半信半疑ながらも、今はそんな小さなことはどうでもいいと思った。

「そうです。そして、約束のものをいただきます」

「え？」

その瞬間、明かりが消え、また暗闇が覆いかぶさってくる。

エドワードが見えなくなった代わりに、彼に触れて、口づけて、息づかいを聞いてその存在を確かめる。

ベッドがきしんだ音を立て、マットが沈んだ。

彼の重みを受けて、再び横たわる。

――治療のために、この間みたいに、濃厚なキスをするのだわ。

私は、そう理解していたから今度は驚きもためらいもせず、唇を開いて彼を受け入れた。

彼の言うとおり、私には無意識に癒し魔術の力を持っていたのかもしれない。

傷ついた彼だからこそ、それを解放して利用できるようになったのかもしれない。

それなら、私が彼を癒せるのならなんでもしよう。
そして私は彼に身を任せた。
まさかそれが、あんなことになるなんて――!

第四章　初夜

「あ……っ、あっ、エディ……っ？」

暗闇の中に熱い吐息。

わけもわからずただ彼のするがままにしていたら、いつの間にか私は彼の腕にしっかりと包まれ、白いレースのネグリジェのリボンも解かれて肩がはだけていた。

あまりに濃厚な口づけを繰り返されて、頭がくらくらして半分気を失っていたが、むき出しになった肩や首にキスされ、それがだんだん下へと下りていくものだから、私は覚醒した。

「ああっ、ダメ、エディ、だめ」

慌てて胸を隠そうとした私の手を掴み、枕へと手首を押し付ける。

「お嬢様、約束してくださったでしょう？」

でも具体的に何を叶えてあげるんだっけ？

「お嬢様……ずっとこうしたかった」

「エディ……こうしたかったって、……どうしたかったの？　これ治療の一環じゃないの？」

「は？　俺をからかっているんですか？」

「そ、そうじゃないけどごめんなさい、ちょっと状況が……」

すると、彼はふうっとため息をついて私の手首を解放し、ネグリジェの乱れを整えてくれた。

彼はベッドの足元に脱ぎ捨てた外衣をたぐりよせると、そのポケットから何かを取り出した。

ぼんやりと光る石だ。

「それは……」

私はゆっくりと起きて、エドワードと向き合う。

暗闇の中で、青白い光が彼の顔を照らしていた。

「ご覧ください、お嬢様。これは俺が初めて魔術で仕留めた青竜から獲《と》れた魔石です。お嬢様に差し上げると心に決めていました」

「……きれい。大きくて、透明度が高いわ」

私も魔石は多数持っているが、これほど美しいものはない。

「お嬢様の瞳の色です。一生忘れられません。どうぞ……首飾りに仕立ててから渡したかったのですが、一刻も早くお嬢様に会いたかったのです」

「こんな大事なものを、私に？」

「お嬢様以外に誰がいますか？」

と言ってほほ笑んだ直後、彼はふと真顔に戻った。

「あ、黒角竜の魔石もありますが、聖騎士申請のために必要で、お嬢様には差し上げられなくて……」

「本当に黒角竜を仕留めたの？　竜は溶岩流のようなものを噴き出して浴びせたのではなかった？　障壁さえも貫く恐ろしい鱗は？」

「大丈夫です。お嬢様のキスをいただいたので、もう何の苦しみもありません」

「じゃあやっぱり今のは治療じゃないの」

「違います。もう痛みも何もないのにするのだから、治療じゃないでしょう」

「する、って」

「ああ、もうじれったいな。お嬢様は俺に、褒美になんでもくださるとおっしゃった。俺がほしいのはお嬢様です。だめですか？」

私は驚いてしばらく返事ができなかった。

どう考えてもこれは愛の告白のように聞こえるのだが。

いったい彼のなかでどんな変化が起こったのか？

私の反応を急《せ》き立《た》てるように、彼は言った。

「俺をかまってくださるのは、俺を憎からず思っているからではないのですか？　それとも愛玩動物のように思っておられるのですか？」

「違うわ！　私はエディが大好きよ。ずっと昔からいつも変わらずあなたを見つめ続けてきたでしょう？　美しくて、賢くて、やさしいエディは私の誇りなのよ。だから身分違いとか言わずに接してほしかったわ」

ああ、こんなのでは語彙が足りない。

私がどんなに彼を推してきたか。

なんなら私はあなたの奴隷ですとでも言いたいくらい。

でもすべてを言葉にしたらストーカーみたいになってしまう。

「今までは、俺はどうしてもお嬢様を守り切る自信が持てず、想いを口に出せませんでした。ですが、お館様がおっしゃいました。黒角竜を仕留めれば、お嬢様と肩を並べてもいいと。そしてそれがようやく実現した——だから俺は、お嬢様にやっと本当の気持ちを言えます」

「エディ……本当の気持ちって？」

「どうか俺を受け入れてください。俺はお嬢様が好きなんです」

——本当に？

今までつれなくしていたのに？

究極のツンデレ？

嬉しい。推しに告白されるなんて、こんなことあるの？

「でも、どうして今……？」

「あなたが王宮に行かれたら、その愛らしさが人の目に留まらぬはずがありません。そして多くの地位ある男があなたを妻にと望むに違いないのです。それが俺は不安で……だから今あなたが欲しいのです。卑怯《ひきょう》だと思うでしょうね」

それは抜け駆けというものだ。しかし、私のような社交慣れしていない田舎令嬢がもてるはずないのに、そんなふうに思ってくれていたことが嬉しい。

――でも、待って？

黒角竜を仕留めるほどの魔力がついたなら、騎士はおろか聖騎士にもなれるということだ。

エドワードは王宮の祝典にも堂々と参加できるし、王女殿下にも謁見ができる。

まさに、私が前世で夢見たエンディングが叶うようになったのだ。

ここで私とエドワードが両想いになってしまうのは、本来のシナリオから逸脱しているのではないだろうか？

「お嬢様……だめですか？」

こうして私が逡巡《しゅんじゅん》している間にも、エドワードが悲痛な眼差しで私を見ている。

私は前世からずっと、彼の幸せな姿を見たいと思っていた。

それなのに彼は私がいいというのだ。

「で、でも、王女殿下のお目に留まる可能性がすごく高くなったのよ。男の人なら、誰もが憧れる聖騎士になって、王女殿下のお傍にいる栄誉に与《あずか》りたいと思わない？」

「思いません、俺はあなたの傍にいたいのです。死ぬほどの思いをして鍛錬をするのはあなたのためだけです。お嬢様を守るためにだけ、命を投げ出したいのです」

——そうなのね……。

エドワードの純真な告白は私の心に響いた。

前世では仮想の存在、二次元の推しであり、いつもキラキラと笑っていたエドワード。

でも、ここではこうして傷つき、苦しんだり悩んだりするひとりの青年なのだ。

前世の夢と、今大事にすべきものは違ってもいいはず。

そして今も昔も変わらないのは、エドワードの幸せを願っているということ。

「ありがとう、エディ。急で驚いたけど、私もあなたが好きよ。……でも、お嬢様はもうやめて。アビーって呼んでほしい」

私がそう言った時の、エドワードの表情は忘れられないほど美しかった。

不安から喜びへと移り変わる様子はまるで花が開くよう。

「夢のようです。お嬢さ……、いや、アビー」

その甘い呼び方に胸を撃ち抜かれた。

「エディ……」

青い魔石の光を挟んで二人は見つめあい、ほほ笑んだ。

彼が私の髪にそっと指を入れ、頭を引き寄せて口づける。

「素敵です、アビー」

それからは、もう意味を取り違えることなく、私たちは抱きしめあった。

指と指を絡み合わせるだけでも、彼が生身の人間だと思い知ってドキドキしてしまうのに、彼は容赦なく私のネグリジェを剥ぎ取って、彼もまたシャツを脱ぎ捨てる。

肌と肌を合わせ、体温と鼓動を感じる。

彼は私の髪をかきあげながら、耳元で囁《ささや》く。

「アビー、かわいい」

それはこっちのセリフよ、と言い返したかったのに、その唇で私の耳たぶをはむっとやわらかく噛《か》むのだから、変な声が出てしまう。

「ひぁっ」

彼が耳元でくすりと笑う。

「もうっ、悪戯《いたずら》しないで、エディ」

「なら、あなたも俺に触れたらどうですか？」

「えっ」

──いいの……？

「前はだめだって言っていたのに」

「そういうあなたこそ、前はだめだと言っても平気で触れてきたじゃないですか。でも階段から落ちてからは……妙によそよそしくなって……」

それからぎゅっと私を抱きしめて、彼はこう言った。

「すごく、寂しかったです」

ひゃああ、かわいい！　かわいすぎる。

以前のように気軽に扱うことはできないけれど、三次元の推しに触れてもいい権利なんてどのくらい課金しても得られないのに……。

私は宝物を扱うようにそっと彼の頬を両手で挟み、キスをした。

骨董品《こっとうひん》を羽で撫《な》でるようにやさしく、丁寧に唇を触れ合わせる。

ところが、彼はそれを無造作に引き寄せて、情熱的なキスに変えてしまうのだ。

もう、これだめなんだって。酸欠になる――！

「もっと触れてください。俺は壊れたりしませんから」

「んん……でも、息、が……」

「アビーのほうが壊れそうですね。こんな小さな胸では肺活量が……」

と言って、彼が乳房に触れてきた。

「あっ」

次の瞬間、胸の敏感なところを口に含まれて、私はびくんと震えた。

「……あ……っ」

初めて他人に触れられたショックで、恥ずかしくなってしまう。

前世でも私は人とのつきあいが苦手だったから、こんなあらわな姿を見られたことはない。

先端をチュッと吸われて、背中から突き上げられるような衝撃を受けた。

「ぁあっ、……や……っ」

もう自分の身体がコントロールできなくなり、ひたすら淫靡《いんび》な心地よさに酔いしれる。彼が舌を巧みに動かして乳首を吸い、軽くつつき、薄く色づいた乳輪を舐《な》める。

私は魚のように身体を跳ね上げ、彼の愛撫《あいぶ》に反応してしまう。

触れているのはほんのわずかな部分なのに、足の指先まで強張り、急に凍り付いたようになったかと思うと一気に弛緩《しかん》する。

私のほうから彼に触れる余裕など全然なくなり、ベッドの上で身体をくねらせるしかなかった。

「もう疲れてしまいましたか？　アビーはまだ病み上がりでしたね」

彼がそう言って、ふと上半身を浮かせた。私はぐったりしながらも、首を振った。

「ううん、もうなんともないの。本当よ」

そして彼の背中に腕を回してぎゅっと抱きしめた。

これまで貢いできた数々の美しい衣装の下に、こんな完璧な筋肉がついていたなんてとあらためて驚き、ドキドキしてしまう。

強く抱かれると私のやわらかい乳房が形を失ってしまうくらい、彼の胸板は厚くて硬い。

背中も引き締まっていて、広い肩から肩甲骨《けんこうこつ》へと触れていき、そして背筋を愛でる。

張りのある肌に指を滑らせていくと、突然、彼の背中の一点に指が吸い寄せられてしまった。

左の腰より少し上の辺りが、他の場所よりほんのり熱い。

「……お嬢様……？　どうかしましたか」

彼はぎくりとしたように一瞬身じろぎした。アビーと呼ぶことも忘れてしまったみたいだ。

「ここ……どうしたの？」

「……え？」

「熱っぽいの、ここだけ」

私はエドワードの背中を撫でながら、その場所を示した。

触れただけでもわかるが、傷跡のような盛り上がりがあって、熱をもっているのだ。

彼はびくっとし、それから背をよじるようにして私の手をその部分から離した。

そして、強張った声で言った。

「そんなことありません」

なんだかあやしい。

「見せて」

「だめです、お嬢様」

「大けがの痕じゃないの？　手当をしなきゃだめでしょう？」

「やめ……っ」

エドワードが頑《かたく》なに拒み、ベッドから足を下ろして立ち去ろうとしたが、私はタックルするくらいの気持ちで彼の腰にすがりついた。

「……っ　アビー……」

乱れたベッドに転がった青い魔石をすばやく拾って、私は彼の腰を照らした。

私の手のひらくらいの真円と、その中に六芒星《ろくぼうせい》、そして異国の文字。

これは、傷ではなく意図的につけられた模様だ。

そしてその模様と青い魔石は呼応するように光っている。

「エディ……これは……？」

彼はしばらく何も言わず、ただうなだれていた。

「エディ。これは何？　誰かにつけられたの？　ボブソンさんは知ってるの？」

エドワードの肩が波打っている。苦悶《くもん》しているかのように。

「あなたは……ご存じなかった……のですか？」

彼は、まるで捕えられて死を覚悟した罪びとのようにがっくりとうなだれていた。

「なんのこと？」

「お館様は知っておられました。奴隷の印に違いないとキリアンが暴露したのですが、お館様は驚かれませんでしたし、呪術の痕ではないかとおっしゃいました」

「そう、お父様は知っているのね。……それがどうしたの？　また痛む？」

「いいえ……最低ですよね、俺」

「え？」

「俺は奴隷かもしれないし、そうでなくても呪われている可能性がある。あなたにそれを知らせずに抱こうとしました」

力ない声でそう言うと、彼はシャツを着始めた。

「俺にそんな資格などないのに……」

私は、彼の苦悩がようやくわかった。

武術には誰よりも秀でているのに、何もかも極めないと気がすまないのはなぜか、ずっとわからなかった。生まれがわからないだけでそんなに卑屈になることないのにと軽く考えていた。

この烙印があったから彼は死ぬほどの危険を冒してでも、聖騎士になりたかったのだ。

——そして、それをもうすぐ手に入れるというのに、まだだめなの？

黒角竜から奪った魔石を国王陛下に献上し、聖騎士の称号を与えられれば、彼は押しも押されもしない貴族待遇になるのに。

「これ以上どんな資格が必要なの？　奴隷だったらだめだなんて、私がいつ言ったの？　私には関係ないのよ。あなただから、こうしていたいの」

私は彼を治療する時のようにベッドに再び座らせ、彼が逃げないようにその膝に身をもたせかけた。

「でもあなたはちょっと甘いわね」

「え……？　なんですって、お嬢様」

またお嬢様に戻ってしまったのが悲しい。

私はエドワードの耳元に唇を寄せて、悪女のように言った。

「もし私があなただったら、そんな秘密を知った女を放って黙って立ち去ったりしないわ」

「……え……？」

「私なら、殺すか、無理やりにでも抱いて、秘密を共有するけど？」

そして、驚いて目を瞠《みは》る彼の首筋を抱きしめて、その唇にキスをした。

「さあ選びなさい、どっち？」

「お嬢さ……、アビー……！」

どちらからともなくベッドに倒れこみ、身体を重ねた。

「エディ、私のエディ」

もちろん、エディは無理やり抱くのではなくて、やさしく包んでくれた。

裸身をそっと重ねて、唇を合わせ、それから私の肌をあますところなく味わい、指先まで愛してくれた。

彼が私の手にキスをし、指を口に含んだ。その舌が指の間に滑り込み、やわらかく揉《も》みしだき、手のひらや指の腹を舐《な》める。それだけで私の身体は熱くなり、甘い嬌声《きょうせい》が止められない。

乳房は特に敏感で、彼に触れられるだけでお腹《なか》までびくびくと波打ってしまう。

舌先に力を入れて、先端をこね回されれば、背中が弾んでじっとしていられなくなり、彼がその腕で私の胴体を捉えても、その下で震えている。

「アビー……きれいだ」

エディの艶《なま》めかしい声が耳朶《じだ》を撃つ。

もっと乱暴にしてくれてもいいのに、と思う。

「壊してしまいそうで怖い」

彼はそう言って、どうにかして彼の理性を保とうとしているけど、太ももに硬いものが触れていて、辛そうなのがわかる。

私は彼の背中に手を回し、肌と肌をぎゅっと押し合わせる。

「あ……、アビー、やめ……」

そして、彼を悩ませていた烙印を撫でた。彼が忌み嫌っているそれすら、愛しいのだ。

「……っ、あ……っ」

彼が呻《うめ》いて、身体をびくりと硬直させた。

私の下腹部に当たっているものが、圧を増して私の肌をぐいぐい押してくる。

「アビー、……だめだ、達《い》ってしまう」

「じゃあ、じらさないで、エディ……。私は壊れたりしないわ」

「だめです、傷つけてしまいます。もっと……しないと」

そして、彼は身体を下へとずらして、私の足の間に顔をうずめてきた。

「あ……っ、だめ、そこ……は」

「だめ、じゃありません。俺のいうことを聞いてください」

彼はそう言うと、私の膝下に手を入れてそっと開いていく。

「……っ恥ずかしい、エディ……ああっ」

突然、濡《ぬ》れた感触が秘裂をなぞってきたので、私は身をこわばらせた。

「ほら、こんなに狭くてどうするんですか」

「いやあ……っ、エディ……あ」

私の下半身は彼にしっかり捉われて、まったく逃げようがなかった。

そこに美味《おい》しい蜜を見つけた蝶《ちょう》のように、彼はそれをむさぼる。

媚肉のあわいに舌を差し入れ、ゆっくりと動かされると、今まで知らなかった快感が生まれて、私の身体を奥底から揺さぶる。うっとりと気持ちよくなって、私は熱い息を吐く。

裂け目の端をぐりぐりと刺激された時は、痙攣《けいれん》するように身体が震えた。

自分では制御できないほど、肉体が跳ねて、恐ろしいまでの快感に悲鳴を上げる。

彼の舌は、さらにその奥へと侵入してきた。

「あっ、ああ……、エディ……っ、ああん」

未知の領域に踏み込まれて、ちょっと怖いけれど、それ以上の快感が怖さを押しやってしまう。やがてそこに彼が挿入ってくるのだと思うと、理性は吹き飛んで、粘膜が、細胞が、それを待ち望んで小刻みに震えている。

彼の舌が最初はゆるゆると蜜洞を探り、ゆっくりと広げながらさらに奥へと進んできた。

痛みはなく、ひりひりとするような違和感を覚えたけど、今はもう怖くなどない。

彼は根気強く私の隘路《あいろ》をやわらげ、私の感じる場所を探しているようだった。

私自身も知らなかった、ある一点に彼の舌の先が触れた瞬間、私の身体に電撃が走り、全身が硬直し、呼吸さえ止まりそうになった。

「あああああっ」

まるで空中に投げ飛ばされて落ちてきたように、次の瞬間、私はぐったりとベッドに身体を投げ出して、びくびくと痙攣していた。足の間から熱いものがあふれてきて、シーツを濡《ぬ》らしたが、それが『達《い》く』ということだとおぼろげながら理解した。

視界がぼやけて、自分が今どこにいるかもわからない。

彼がいつの間に私の下腹部から顔を離したのかもわからなかった。

「もう……大丈夫かな」

と彼はつぶやき、私の上に覆いかぶさってきた。

「辛かったら言ってください」

そして、私の足をさらに開いて、熱く猛《たけ》ったものをあてがった。

――あ……っ

激しいほどの快感に、下肢が痺《しび》れたようになっていたが、それでも彼が秘裂を開いて押し入ってきた時は、ギシギシとこじ開けられるような抵抗感があった。

「ん……っ、……ああ……」

「アビー……、痛い？」

「ううん……大丈夫……」

私はぼんやりした頭でそう答えた。

エディはさらに力を込めた。

「あ――っ」

みちみちと押し開けられ、彼が挿入ってくる。

「エ……ディ……っ」

「アビー、愛してる……」

私は答える余裕はもうなかった。必死に彼にしがみつき、痛みを逃がしていた。

背中を撫でまわし、彼を受け入れようとこらえているうちに、無意識に彼の烙印に触れてしまっていた。それが彼の理性を打ち崩すトリガーだなんて私は知らなかったのだ。そのとたん、私の胎内を突き破るようにそれが膨張した。

「あ、あ……あっ」

「アビ……っ」

エディの余裕のない声と吐息、そして声にならない呻きとともに、彼の身体が動いた。

これまで丹念に準備し、私を傷つけないようにと臆病なまでに時間をかけてきた彼も、もう限界だったのだ。

肉襞《ひだ》が引き裂かれるようにずぶりと貫かれ、私は悲鳴を上げた。

「あぁぁ――っ」

目がくらむような衝撃と痛みと、そして悦《よろこ》び。

これを知ったら、どんな無邪気な娘も変わらざるを得ない。

それまでの自分がどんなに子どもじみていたか、いやというほど思い知る。

――エディが……私の中に……。

汗ばんだ肌が触れ、一糸まとわぬ姿をさらして、そして身体の最奥で繋《つな》がる。

男女が交わるということは、こんなすごいことだったんだ……。

世界の色が変わってしまったような気さえする。

私はそんな感動と、処女を失った衝撃もあって目が潤んでしまった。

「アビー……ありがとう」

エディがそう言って、口づけた。

「泣いているの？　辛い？」

彼が心配そうに尋ねてくる。

「ううん、嬉しいの。エディとこうなって、嬉しいのよ」

「アビー……！」

熱に潤んだような漆黒の瞳が見つめている。

汗で濡れて額に張り付いた前髪、興奮して少し紅潮した目元。

理想的に作られた、美しい彼に抱かれて、夢心地だ。

こんな奇跡が起こるなんて、本当に転生してよかった。

この世界があと一か月半で滅びようと、私は幸せだ。

こうして交わった悦《よろこ》びをしばらくかみしめ、私たちは次のターンへと進む。

「動いても……いいですか？」

「いいわ、エディ」

痛みはあるけれども、やさしいエディのことだから、不安はない。

自分勝手に乱暴に動くようなことはないとわかっているから。

私はもう一度、彼にキスをした。

それを合図と受け取ったかのように、彼はゆっくりと身体をしならせる。

腰骨を押し出して、さらに深く繋《つな》がり、潮が引くように後退する。

私が彼の烙印に触れるのと同じように、彼は私の花蕾に触れて、私を溶かしてしまう。

つながったまま、そこを指先で摘まれるだけで、私の蜜襞がうねって熱い甘露を生み出すのだ。

そうやって潤いを与えてくれるから、彼が動いても痛みはそんなに強くない。

「アビー……素敵だ」

彼の声がセクシーすぎてくらくらする。

「エディー、大好き」

私の推し、私の理想。美しい生き物。天使。

どんなに褒めたたえても語彙が足りない。

そんな思いを込めて彼を抱きしめる。

彼はもう耐えられない、と言って、私の両肩を掴んだ。

そして私の身体が逃げないように捉えると、突き上げた。

「あ…………っ」

「もう、制御できません。アビー」

「ん……う、エディ……思うようにして」

私の声に反応するように、胎内の彼がいっそう硬く、猛々《たけだけ》しく、私を貫く。

動きは次第に激しくなっていき、私は大海を漂う小舟のように揺り動かされる。

「エディー、すごい……ああ、エディ」

汗がほとばしり、私の中が彼でいっぱいになった悦びもつかの間、彼が後退すると蜜洞がざわざわとうごめいて彼を求める。

「ああ……アビーの中……気持ちがいいです」

ぬちぬちと湿った音が聞こえて恥ずかしいが、それでよけいに快感が高まってしまう。

私の腰も自然に動いてしまい、彼を貪欲に受け止めようとあがく。

そのリズムはどんどん速くなり、私の胎内から狂おしいような愉悦の波があふれてきて。

「い……達《い》く……っ」

彼の低い呻《うめ》き声に、私も持っていかれた。

その瞬間、私の中で彼の脈動が高まり、ひとたび強張った彼がどくどくと白濁を噴き出したのを感じた。それを子宮口で受け止めながら、私の意識は朦朧《もうろう》として、やがて暗闇に落ちた。

＊　＊　＊

「アビー」

やさしい声に目覚める。

乱れたベッドの上で、裸で、彼の腕に抱かれていた。

「エディ……」

「辛くないですか？」

「いいえ、素敵だったわ」

「後悔……は……」

「するわけないでしょう。私を怒らせないで、エディ」

気遣われてばかりなのが歯がゆくて、私がむくれると、彼はうっとりするような美しい笑顔になった。

「ああ、愛しいな。どうしてあなたはこんなに可愛らしいのですか?」

そして私の唇や頬や額にキスを降らせる。

ここは天国ですか?

「エディとずっと一緒にいたい。一瞬だって離れたくないのに」

私がそういうと、彼は困ったような顔をした。

「許していただけるかどうかわからないけど、お館様に申し込みますから。もうすぐです、待っていて、アビー」

「ええ」

窓の外は少し明るくなってきていた。

名残惜しそうに彼は私にキスをして、それからベッドを下りて身支度をした。

私もベッドを下りて彼を手伝おうとしたけれど、身じろぎをすると、まだそこが鈍く痛んだ。今でも彼の剛直がくいこんでいるような感覚が残っていて、それを思うだけで身体の奥からあふれ出るものがあって驚く。

「あ……」

「どうしました？」

エディが気遣わし気にこちらを見た。

私が隠そうとするのを、彼が暴く。

シーツに昨夜の名残がこぼれてにじんでいた。

「ああ……」

二人の結ばれた証、そして、私が彼に処女を捧《ささ》げた徴《しるし》だ。

彼はふと顔を赤らめた。

「必ず、あなたを妻として迎えに参ります」

そして彼は跪《ひざまず》き、私の手に口づけた。

これまでに見たどんな聖騎士よりも美しかった。

＊　＊　＊

その後、私はお母様とともに、正装して大広間に来るようにと言われた。

「お嬢様、正装とは、大切なお客様でもいらっしゃるのでしょうかね？」

「わからないわ……どなたかしら？」

ミアも詳細は知らされていないらしいが、私にはある程度予測できた。

白いドレスに身を包んで大広間に行くと、赤い絨毯《じゅうたん》が敷かれ、お父様とエドワードが向き合っていた。エドワードのほうは跪いていて、二人の周りには騎士や小姓たちが並んでいる。端のほうに、謹慎を解かれたキリアンもいた。

私たちが到着するのを待って、お父様は右手を掲げた。その手には赤いビロードの布と、その上に乗せられた黒い魔石がある。

「皆、これを見よ。……今朝、騎士見習いのエドワードが修行より帰還し、黒角竜の魔石を持ち帰った」

すると周りがどよめいた。

「静かに」

お父様はそう言って腕を伸ばし、魔石をみんなに見せるようにぐるりと手を動かすと、漆黒の魔石から不思議な地鳴りのような音がした。ただの石でないのは明らかだ。

そこに、城付きの司祭が進み出た。魔法の槍《やり》をまっすぐ天井に向けて立てたままお父様に近づき、黒い石の傍で静止させた。

すると、司祭があっと叫び、魔法の槍が石に引き寄せられるのがわかった。

「皆で槍を押さえよ」とお父様が命じて、屈強な騎士が何人か集まって槍を支えた。

それでも、槍は魔石に吸い寄せられ、お父様の身体もぐらりと傾いて、魔石のほうから槍に向かっていくように見えた。

槍と魔石は各々振動して、それが共鳴して大広間を満たし、シャンデリアがカタカタと鳴るほどだった。誰も触れていないのに、そのシャンデリアが光り出し、大広間を真昼のように照らした。共鳴はまだ続いていて、天井に達すると、大聖堂の鐘のように響き渡った。

私は、自然と跪いていた。

あれが、エドワードが命を賭けて得たものだとわかっているから、いっそう尊い思いがして、涙が溢《あふ》れてきた。私の周りでも、人々が次々に膝を折り、腰を抜かす使用人もいれば、手を合わせて何か祈る仕草をする者もいる。

「くっ、もうよい。止めよ」

お父様が息を荒げて言った。

するとエドワードが、両手を広げて言う。

「鎮《カルム》まれ」

朗々と響く声にみんなが顔を上げた。

すると、鐘の音は鳴りやみ、荒ぶっていた槍の震えも止まった。

司祭と騎士はその反動で、転びそうになり、まばゆい光も消えて、静寂が戻ってきた。

「これほどの強い魔力は見たことがない。おまえたちもわかったであろうな？」

「はい、みるも珍しき、黒角竜の魔石に違いありません」と司祭が言った。

「この手柄を称《たた》え、エドワードを騎士に叙する」

お父様がそう言って、別の騎士から一振りの長剣を受け取ると、その切っ先で、再び跪いていたエドワードの肩を叩いた。

「ありがたき幸せ」

と彼が答えると、大広間にいた者たちが歓声を上げた。

これまでたくさんの小姓が騎士見習いになり、そして騎士叙任を受けたけれど、みなそれなりの家柄の令息で、中程度の魔石で認められたり、機が熟したという理由で叙任されることがほとんどだった。世間では、大金で買った魔石を自分で獲得したと偽る者もいる。

キリアンもそうだったのではないかと私はうっすら思っている。

だって、彼の魔石はこんな反応は見せなかったから。

エドワードのように自ら幻ともいわれる魔石の奇跡を発現させた例はアビーの短いながら、これまでの人生では見たことがない。

だから、地位なきエドワードであっても、この騎士叙任に当たって誰も文句のつけようがないはずだ。

「直りなさい、エドワード」

お父様の言葉に、彼は立ち上がる。

そして伯爵から立派な長剣を授けられ、騎士になったのだった。

「ひとつお願いしたき儀がございます、お館様」

エドワードがそう言った時、私の胸はまた高鳴った。

「私には、結婚したい女性がいます。それは——」

「皆まで言わずともよい。わしはおまえに約束した。聖騎士になれば、叶うであろうと確かに言った。で、あるからには、王都に行き、国王陛下の前で今のような奇跡を起こし、認められねばならぬ」

「お父様……？」

エドワードの言葉をなぜ、お父様が遮《さえぎ》ったのかわからない。

彼の気持ちを知っているのか、知らないのかもわからない。

私は、聞きたかったのに。彼の口からアビゲイルお嬢様をください、と言うのを。

私のつぶやきが聞こえたのかどうかわからないが、お父様はこれに対する答えを言った。

「相手の名はまだ聞かぬこととする。おまえは国王主催の聖騎士トーナメントに出るのだ。厳しい闘いである。運が悪ければ、命を落とす者もあるだろう。その時、その娘は婚約者を失くした哀れな女という風評がついてしまうからだ」

エドワードは出鼻をくじかれたように、一瞬沈黙したが、やがて言った。

「かしこまりました。必ず、その地位を手に入れてまいります」

私は納得いかなかった。エドワードが死ぬかもしれないなんて、不吉なことを言うお父様が憎らしく思えた。

そして、お父様は解散を命じ、多くの使用人たちはそれぞれの持ち場へと戻り、エドワードとともに訓練してきた騎士見習いたちが彼を取り囲んで祝いの言葉を述べていた。

エドワードはその穢《けが》れない黒いまなざしをこちらに投げかけ、何か言いたそうにしていた。

必ずやり遂げます、アビー。

そう言っているように思えた。

＊　＊　＊

その後しばらく、私たちは王宮行の準備で忙しく、エドワードに会えない日が続いていた。

「お嬢様のお召し物、足りますか?」

ミアが不安そうに言う。

「ほとんど袖を通してもいないでしょ」

「それはお嬢様が社交嫌いだから、着る機会をご自分からお捨てになっていらしたのです……その上、何着かは奥様に内緒で売っておしまいになるんですから。もったいない」

「着ないでクローゼットに入れたままにしておくほうがよほどもったいないでしょ。あ、そっちはまだ開けてはだめよ」

私が禁じたのは、端にある開かずのクローゼットだ。

エドワードのために買った衣装や武具が入っている。

あまりに高価なものなので、エドワードに受け取り拒否されていたが、騎士になれたのだからお祝いに受け取ってほしい。

そこに、エドワードがやってきた。

「お嬢様、よろしいですか？」

騎士となった彼は、小姓をひとり連れてやってきた。

「お嬢様に俺からの贈り物がございます」

「え……何……？」

小姓が抱えていたのは、衣装用の箱だ。

「ここ数日、フェルケスカス山で魔石を集めて、誂《あつら》えたものです。お嬢様に王宮で身に着けてほしくて」

背後でミアがキャーと冷やかすように言った。

「開けていい？」

「どうぞ」

小姓とミアで箱の蓋を開ける。

そこには白地に金刺繍を施したドレスが入っていた。

胸元には透かし彫りの金細工で囲まれた青い魔石が散りばめられている。

それから小さな宝石箱には、エドワードが初めて獲得した青竜の魔石が、首飾りとして仕立て直されていた。

レースの手袋、絹の扇もあって、とても美しい。

「こ、こほん、あたしは席を外しますね……お嬢様」

ミアは気を利かせ、エドワードの小姓を連れて出ていった。

「本当は王宮で、こんな可愛らしいお嬢様をよその男の目に触れさせたくはありませんが、どうしても王宮に行かなくてはならないのなら、俺が贈ったものを着てほしい……と思いました」

「ありがとう、嬉しい、エディ！　着るわ。絶対に着る。でも、あなた自分の準備は？」

「貴重な馬をお館様がくださいました。武具は、これからフェルケスカス山までひと稼ぎ行ってきます。その前にキスを……」

そう言って引き寄せてくるエドワードの胸をよいしょと押して、私は言った。

「それは治療のため？　それとも――」

「俺の心の糧のためです、アビー」

「じゃあ、約束して。キスはするけど山にはいかないって」

「ですが……」

私は禁断のクローゼットを開いた。

「使って、エディ」

エディはそれを見て、驚いていた。

「売ってドレスを買い戻したのでは……」

「そんなことしないわ。あなたが一度でも身に着けたものを売るわけないでしょ。お父様が剣と馬を用意して、ほかのものをくださらなかったのは、私がこうして持っていることを知っていたからよ、きっと」

貴族令息であれば、馬も武具も自前で用意できるだろうが、それもない彼が、魔石も稼ぐことができず、どんなに歯がゆい思いをしてここまできただろうか。

「ありがとう、アビー。あなたの贈り物を身に着けて、聖騎士トーナメントに挑みます」

エドワードはそう言って私を見つめた。

そして二人は寄り添い、口づけをした。

第五章　聖騎士

こうして、旅の支度も調い、私と父母、そしてエドワードと侍女の一行は王宮へと向かった。馬車でゆっくり行って三日かかる。

なので、ドレスの着替えなど大荷物が馬車一台分。

私と侍女、父母がそれぞれ一台の馬車に乗り、エドワードは護衛も兼ねて騎馬で随伴する。

私は車窓の外を見つめてウキウキしていた。

そこにはエドワードがずっと騎馬で並走してるので、風になびく彼の黒髪や、陽光に輝く彼の美しい横顔が堪能できるのだ。

お父様から贈られた馬もよく乗りこなして、さまになっている。

手綱を握る手には白い手袋をしていてもわかる、その指の長さときたら。

そして左手首には弓籠手《ゆみこて》が嵌《はま》っていて、それも似合っている。

彼は魔術攻撃が全くうまくいかずに悩んでいる間、武術を極めることに専心していた。

弓を射るのはかなり上達したらしい。とにかく革のベルトのついた籠手は最高だ。

できれば太腿にも一本ベルトを付けたい、などと妄想してしまう。

さまざまなアイテムを装着した肩や手、指が、今、器用に手綱を捌《さば》き、しなやかに動くさまを存分に見ることができるなんて、ここは天国ですか？

──なんて美しいの。カメラスコープをずっと構えていたい。

でも、うっかりすると彼と目が合ってしまうから気をつけなくてはいけない。

二人の秘密がお父様たちに気づかれてしまうといけないからだ。

今の私たちは、互いの気持ちを確認して愛し合ったから、いつだって視線を交わしたいし、キスだってしたい。

でも、エドワードが聖騎士として認められるまで、軽率な行動はしないと決めたのだ。

そんなことを考えていた矢先、エドワードがふと顔を巡らせた。

彼はこの上なく甘く微笑んでいた。

──尊い。

「ああ、なんて美しい景色なのかしらね」

私はそう取り繕ったが、ミアがにやりと笑って言った。

「お嬢様、バレバレでございますよ。あたしの前では変に隠されなくても大丈夫です」

＊　＊　＊

そして、一行は無事王宮に到着した。

私は社交嫌いで臆病だが、前世の知識があるのが救いだ。

【薔薇の箱庭】の最後のほうのエピソードで、何通りものエンディングを見たので、どこでどんなイベントがあるか熟知している。

イベントを起こすために不自然に警備の緩いエリアや、告白しやすいロマンチックな庭園がどこにあるか、私は知っているのだ。

まず、警備を緩めるために門番を懐柔する。

三十マウロ以上の課金アイテムを渡すと黄金の鍵がもらえて、王女がひとり物思う庭にもとがめられることなく入ることができるようになるほか、トーナメント戦を何度も勝ち抜かなくても決勝に進めるという特典がある。

私は自分の手荷物から宝石を一つ取り出して、門番に渡した。

私たち一行は客室に案内され、旅の疲れを落とすことになるが、私はエドワードを最大限に飾り、庭に出た。

「城内の様子を探っておきましょう。トーナメントに備えてね」

「お嬢様、少し休んだほうがいいですよ」とエドワードが言うのを無視して、王女の小庭園の前までやってきた。金の鍵をかざすと門がするすると開く。

薔薇の香りが鼻をくすぐる。

夏であろうと冬であろうと一年中薔薇が咲いている、この庭こそが【薔薇の箱庭】なのだ。

「お嬢様、いったい何を――?」

戸惑うエドワードを後目に、私が先に入っていく。

――エディ、ついてきてるわね?

そう思って振り向いたが、彼はこの庭とは別の方向を見ていた。

「どうしたの、エディ?」

彼の視線を追うと、貴人たちの集まる広場の奏楽堂の辺りに至った。

「誰か知り合いでもいたの?」

目を凝らして、ようやくエドワードの表情が険しい理由がわかった。

そこには――。

キリアンとその妹、ジョシュアがいたのだ。

私は一瞬、身体が強張った。

キリアンに強引に迫られたのはつい先日のことだが、それよりも妹のジョシュアから受けた傷のほうが大きかったのだ。

嫌でも思い出してしまう、幼い日の記憶――。

あれは私が十歳の時だった。この館に修行に来ていたキリアンの様子を見に、彼の両親、ブロー子爵夫妻と妹のジョシュアがやってきたのだ。第一印象はとてもよかった。

「まあ、あなたがアビゲイルちゃん？　キリアン兄さまからお手紙でよくお話を聞いていたけれど、本当に、なんておかわいらしいの！　あたし、ジョシュア。仲良くしましょうね」

彼女は十一、二歳だろう。年の割にしっかりと挨拶をした。

お父様もお母様も、同じ年頃の友達がいない私を心配していたから、こんなに明るく活発なジョシュアが来たことをとても喜んでいた。

子爵夫人は、その娘をキリアンと同様に伯爵家に住まわせ、行儀見習いさせたいと考えていて、実際、その話は決まりかけていたのだが、私は憂鬱だった。

子ども部屋で二人きりになると、ジョシュアの態度が一変するからだ。

まず、衣装やアクセサリーなど、目につくものをすぐに欲しがる。

断ると、時には手をつねったり引っかいたりしてきた。

そんなことが、十日ほど続いていたのだ。

世間知らずの私は、友達とはそういうものだと思い込み、お母様に言えなかった。

その異変にいち早く気づいてくれたのがエドワードだったのだ。

「目が赤いですね、何があったのか話してください、お嬢様。誰にも言いませんから」

「ぜったいにお母さまには言わないで。友だちができたと喜んでいるから」

私の話を聞き終えると、エドワードは深刻な顔をしてしばらく考え込み、それから言った。

「そんなのは友達ではありません、お嬢様」

「そう……なの？」

「はい。お嬢様はまだ小さいのだから、ひとりで判断していいことはありません。俺に話してくれてよかったです」

「でも、エディ……わたし、どうすれば――」

エドワードは私を安心させるように微笑んだ。

「明日もジョシュアはお嬢様の部屋に遊びに来ますよね？　その時は、いつもどおりに振舞って大丈夫です。ただ、自分から喜んで物をあげたりしないでください。……大丈夫、明日で嫌な事は全て終わりますよ」

私は言われたとおりにした。

翌日、いつものようにジョシュアがやってきて、私の部屋を物色し、レースの手袋を欲しがったが、私は「社交デビューのためにお母さまが買ってくれたから」と断った。

すると、ジョシュアは本領を発揮して私を罵り始めた。

「はぁ？　あんたみたいな子が社交デビュー？　無理無理、陰気臭くて、何もできないくせに。寄越《よこ》しなさい！　あんたなんか、親が偉いだけの愚図《ぐず》よ！」

それでも私は手袋を渡さなかったので、彼女は強引にひったくった。

私がその反動で尻餅をついても彼女の怒りは収まらず、右手を振り上げてきた。

――また、たたかれる……！

そう思った時、ドアが開いた。

「お嬢様方、どうなさいましたか？　にぎやかでございますねえ」

やってきたのは乳母だった。

「まあまあ、お嬢様。転んでしまわれたのですか？　お泣きになって」

私は助け起こしてくれた乳母の胸に飛び込んだ。

するとジョシュアは突然ぺたりと座りこみ、泣き出した。

「アビゲイルちゃんが先にやったの、あたしは悪くないもん」

ジョシュアの嘘《うそ》と芝居に驚いて、私は反駁《はんばく》すらできなかった。

「おや、そうでございますか？　それは大変」

乳母は私を抱きしめたままそう言うと、呼び鈴を鳴らして奥様と子爵夫妻をこちらにお呼びするようにとメイドに命じた。

すぐに三人ともやってきたが、お母様と子爵夫妻の前でもジョシュアは嘘をついて私を悪者にした。

「まさか、アビーがそんなことをするはずは……」

お母様も衝撃を受けていたが、その時、乳母が思わぬ助け船を出してくれた。

「実は、さっきお嬢様のカメラスコープを拭っていてうっかりボタンを押してしまったようでございます。それを思い出して、確認しようと戻ってきたらお嬢様方がこのようにお泣きになっていたのでございます」

そして乳母がカメラスコープを操作すると、今起こった事実が、ありのままに再現された。

こうしてジョシュアの悪行は暴露され、私は救われた。

普段温厚なお母様が憤慨し、子爵夫妻は謝罪して逃げるように娘を連れ帰った。

そして、私の友達問題については、メイドの中から遊び相手をひとり厳選して気立ての良いミアが侍女になった。

後で乳母から聞いたのだが、エドワードが策を弄し、乳母にカメラスコープで証拠を撮るようにもちかけたという。

彼にまた助けられたけれど、あの頃の意地悪そうな面影を保ったままのジョシュアを見ると、気持ちが塞いでくる。今でも苦しくなるくらい彼女が苦手だ。

今回は、その兄のキリアンが聖騎士トーナメントに参加するのかもしれない。

「大丈夫です、アビー。行きましょう、関わることはありませんよ」

エドワードがそう言ってくれて、ふと安堵《あんど》する。

「あの性悪女《しょうわるおんな》に好き勝手などさせません」

「ありがとう。エディ、すごく心強い」

私がそう言うと、ようやく彼は笑ってくれた。

「じゃあ、戻りますよ」

「待ってエドワード。私ちょっと用事が……」

王女殿下との顔合わせをしておかなくてはならないが、彼は憂い顔で言った。

「何か異様な気配がします。尾《つ》けられているかもしれません、いったん部屋に戻りましょう」

さすが、エディ。攻撃魔術を自由に操れるようになった自信からか、周囲の気配にも敏感だ。

イベント発生直前の何かを、彼は感じているのだろう。

「いいから、ついてきて」

私が小声で言ったその時、薔薇の茂みの向こうから人の気配がした。

「ハロルド、そなたか？」

と、同時に周囲の木の葉がひらひらとたなびき、枝がたわみ始める。

――来た！　イベント発生。

私は上空を見据えた。

小型の鳥の姿をしたキメラが旋回している。

都合よく結界をすり抜けて迷い込んできたものだ。

これをやっつけて王女を助けるというのが、聖騎士になるための時短イベントである。

他の聖騎士志願者より先に王女殿下と顔つなぎをするチャンスなのだ。

「エディ、あれを撃つのよ。首の下の鱗《うろこ》を見て、一枚だけ少し光ってるところを狙って」

私がそう言うと、彼は指に力を込め、小型のキメラに照準を合わせた。

「えいっ」

彼の指先から閃光《せんこう》が走り、キメラは一瞬で消えた。

――すごい、上達してる。

そして、静けさが戻ってくる。


「……今、キメラを撃ったのは誰だ？」

薔薇の茂みの奥から声がする。ここまでは予定どおり。

国王陛下のようにいかめしい物言いと、それに似合わぬ愛らしい姿のギャップがたまらないと言われていた。まごうことなき王女だ。

私は、ここぞとばかりに、エディの腕をぐいっと掴《つか》み、茂みのほうへと押しやった。

「わっ、お嬢様、何を――っ」

彼はつんのめるように薔薇の庭の真ん中に進み出た。

私は茂みに隠れ、物陰から二人を見守る。

王女は白いベンチに平然と座っていた。

「そなたは誰だ？　キメラから助けてくれたことは礼を言う……まあ自分でも駆除できたがな」

――さあ、エディ。挨拶をしなさい。跪いて忠誠を誓うのよ。

これはイベント発生時にキメラを退治すれば自動的にそうなるはずなのだが、エディは案山子《かかし》のように突っ立っている。

「そなたの名を聞いておる」

王女がもう一度尋ねると、エドワードはこう言った。

「名乗るほどの者ではございません」

――えええ……？　名乗りなさいよ。名乗らないとだめでしょうが。

私は、飛び出そうと身を起こした。

うちの護衛騎士が失礼しました、と言って王女に名前も含めて記憶させるつもりだ。

すると、背後から冷徹な声が聞こえてきた。

「誰だ、おまえは」

「ひっ？」

まるで覗《のぞ》き見現場を押さえられた痴漢のようだ。

見上げれば、【薔薇の箱庭】では見たことのない顔の男が立っていた。

褐色の長髪で、前髪に隠れて右目しか見えないが、眼鏡の奥に光った目は猛禽類《もうきんるい》のように鋭い。王家の紋章を散らしたコートを着ているところから、ここの警備兵だろうか。

「わ、私は――」

「曲者《くせもの》、どうやってここに入った」

その男は腰の革帯に吊《つる》した剣に手をやった。

――ひぃっ、斬られる……！

と、思った時、私の前に誰かがドカドカと駆け寄ってきた。

「お嬢様、大丈夫ですか」

エドワードの声だ。

「貴様、お嬢様に手を出したら許さん」

彼は私と眼鏡の男の間に立ちはだかって言った。

「おまえたちこそ、侵入者め、この場で斬り捨てられても仕方のない存在だ」

――ええええっ。

これは予想外の展開だ。

この騒ぎを聞きつけて、王宮のお仕着せの軍服を着た騎士や、よそから祝いに来た貴族たちが集まってきた。中には『侵入者ですと？』『曲者』という声まで聞こえる。

――大変なことになってきた。

「待て、ハロルド」という声が聞こえた。

目の前にいる男はそれに反応し、ぴくりと手を動かすと、抜きかけた剣を鞘《さや》に収める。

「ハロルド。女子《おなご》にそのような乱暴を働くでない」

王女が立ち上がって言った。

ストロベリーブロンドの髪を結い上げ、金のティアラをつけたパトリシア王女。

この王国の唯一の後継者である。

切れ長の目、虹彩《こうさい》は金色をしており、神秘的で高貴な美しさを持つ美女。

——画像では何度も見たけど、実写化の極み、本当にお美しいわ。

私は高貴な人に対する姿勢をとり、膝を深く折って頭を下げる。

「パトリシア王女殿下にご挨拶申し上げます。私は、王女殿下のご生誕十七周年祝賀の宴に招待されて参りました。アビゲイル・ノワイエと申します」

「初めて見る顔だ。今年社交デビューの娘か」

「はい」

「それで、彼は」

「私の護衛騎士のエドワードでございます」

「護衛騎士……そなたも聖騎士トーナメントに参加するのか」

王女に尋ねられ、私は好機到来とばかりに肯定したが、その先を阻む者がいた。

「殿下、そのような質問はお控えください。聖騎士トーナメントは神聖なものであり、公平でなくてはなりません」

と、ハロルドという男が横やりを入れてきたのだ。

周囲はまだざわついている。

「皆も、何事もなかったので立ち去れ」と王女が解散を促すが、人だかりの中からひとり、身をよじるようにして前に出てきた男がいる。

「その男は聖騎士トーナメントに出る資格などありません。お聞きください、そいつは卑しい奴隷なんです」

──キリアン……また嫌がらせに来たのね！

「そいつの身体を調べてください、背中に奴隷の印があります。王女殿下！」

私は怒りと焦りで足が震えてきた。

エドワードがそんな私の肩を支えて、大丈夫ですか、と小声で言う。

「奴隷の身から這《は》い上がるためにはどんな手でも使うやつです。俺はその卑劣な男のせいで伯爵領を追われました。エドワードは騎士の資格すらない男です。どうか公正にお取り調べください！」

聖騎士の条件に、奴隷出身あるいは奴隷はふさわしくない、という法があっただろうか。

明文化されていないので、私にはわからないが、キリアンの訴えを鵜呑《うの》みにされたら不利だ。

「奴隷の印……だと？」

王女殿下の顔つきは明らかに険しくなっていた。

──私、余計なことをしてしまった？

前世を記憶している私が、ゲームの設定を知っているからといって、賄賂のような裏技を使ったことでかえってややこしいことになってしまったかもしれない。

「王女殿下、キリアン・ブローは確かにノワイエ家から出ていきましたが、それはキリアン本人の素行が招いたことでございます。エドワードは関係ありません」

私は釈明しようとしたが、無駄だった。王女は言った。

「その二人の男を捕らえて、尋問せよ」

「王女殿下……！」

「令嬢は私と一緒に来るように」

王女は私にそう言い、王宮の近衛騎士に合図して集まっていた野次馬《やじうま》たちを立ち去らせた。


そしてしばらくして……。

私はなぜか王女殿下と一緒にお茶を飲んでいる。

「さっきはハロルドが乱暴を働いてすまなかった。キメラから守ってくれたことは感謝するが、逆に正体の知れない人間のほうが危険と見做《みな》して、あのような措置を取った」

「そうでございましたか。私こそ、王女殿下のご命令もなく、しゃしゃり出てしまい申し訳ありませんでした」

「だが、狙いは正確で、彼がいかに優秀な騎士かということはよくわかった」

「はい。王女殿下をお助けしたい一心で近づいてしまったご無礼をお詫《わ》びします。どうかエドワードの聖騎士トーナメント資格のはく奪は……」

「まあ、待つがよい。身体検査がすめば、すぐ戻ってくるであろう」

――身体検査……！　結局、エドワードのあの烙印《らくいん》は調べられてしまうのね。

それがどう影響するかわからない。

聖騎士トーナメントに参加すらできなかったら、彼はどんなに傷つくことだろうか。

それを思うとこちらも心が痛い。

「心配なのか。ノワイエ伯爵夫妻には、令嬢は私と茶会をしていると伝えておくから、くつろぐがよいぞ。……私には同じ年ごろの女友達というものが少ない。こういう機会もなかなかないのでな」

私に気を遣わせまいとしているのか、王女殿下はフレンドリーな話し方になっている。

――そうだった、王女殿下はこういう気さくなキャラだった。

だからこそ、ゲームでプレイヤーが王女の親友になるという選択肢があったのだ。

「そこなる菓子も美味だぞ。そなたたちのような若い娘は、このようにして茶を飲みながら、恋の話などするのであろう？　私も一度してみたかった」

王女殿下も大して年齢違わないのに、この悟りきったような空気がなんともいえず神々しい。

私はおずおずと紅茶を飲んだ。

不安と焦りでのどがからからに渇いていた。

いい香りがして、ほんのり甘い。

少しアルコールが入っているような香りは不思議で、身体がぽかぽか温まってくる。

王女殿下はにっこりと笑って言った。もうこの美人のビジュアルと言葉遣いの男前さが混乱を招くが、慣れるとこれが癖になり、プレイヤーたちの間では、王女殿下は七人の聖騎士よりイケメンという評判もあったほどだ。

「エドワード……といったあの騎士のことだが。その身体に、さっきの男が言ったような烙印があるというのは真《まこと》か？」

「そ、そのように聞いております」

本当は見たし、触れたこともあるなんて、とても言えない。

「それでもノワイエ伯爵は彼を騎士として認めたというのだな？」

「はい……。彼は幼い頃に森番に拾われ、小姓、そして見習い騎士として父に仕えてきた中で、信頼に足る人物と判断しました」

「それで？　そなたは？　烙印のことを知っても護衛騎士にしておいたのであるな？」

この物言いから察すると、エドワードの聖騎士叙任はもはや絶望的かもしれない。

私にとっては、そんなことはどうでもいいのに。

彼であるというだけで十分なのに。

「はい、それがどんな意味を持つものであろうと関係なく、彼を信頼しています」

「烙印を見て、忌まわしいと思わなんだか？」

――烙印を見たなんて、言ってないし……言うべきではない。

だって、服を脱がないと見えないところにあるのに。

と、思っていたのに、私の頭はぼんやりして、口が勝手に白状してしまった。

「はい。とても美しくて、高貴で、愛《いと》しいと思いました」

他人の声のようにそれを聞いて、数秒後に愕然《がくぜん》とする。

――私、何、喋っちゃってんの！

私は慌てて口を手で押さえた。

ふと王女を見ると、彼女の金色の目がこちらを凝視していた。

王女は口の片端をかすかに上げて笑っている。

この笑い方は年ごろの娘が楽しくて笑っているというよりは、悪代官の黒い笑みだ。

「そなた、あの男を愛しているのか？」

これ以上変なことを言わないように口を閉じているのに、首が勝手に動いて、思いっきり頷《うなず》いていた。

「好いておるのだな、身分差を超えて……うむ、よい話だ」

――えええ？

王女の手、いや口撃は緩まない。

「そしてあの騎士が聖騎士になれたら、両親に結婚を許してもらえる、という筋書きか？」

「たぶん……いえ、王女殿下……もう、質問はおやめに……なんだか不埒《ふらち》なことばかり申し上げてしまいそうなので、どうかご勘弁を」

私が懇願すると、王女は少し落胆した表情で言った。

「すまぬ、実は自白ポーションを紅茶に入れた。その効果は一時間ほどで抜けるから、それまでここで与太話《よた》などするがよいぞ。そなたが国王への敵意を持たず、善良な人間であるということはよくわかったし、女人と色恋について語るというのを……私も一度してみたかったのでつきあってくれ」

――自白ポーション……！　王宮にはそんなものがあるの？

確かに私は疑われても仕方ない。

門番にマウロを渡して少しばかり城内を自由に移動できるような裏技を使ったのだから。

王族だってそんな無防備ではないだろう。

もしかしたら暗殺者かもしれない私を王女の傍に置くはずない。

扉の向こうに、バルコニーの陰に、近衛兵《このえへい》が潜《ひそ》んで見張っているだろう。

でも、自白剤まで使っておいて、恋バナがしたいってどういうこと？

そんな疑問が浮かんだ瞬間、それは私の口をついて出た。

「王女殿下はお好きな殿方はいらっしゃるんですか。あ、もうご婚約とか？」

バカバカバカ、礼儀をわきまえなさいよ、と自省するが、自白剤のせいだから仕方ない。

「ふん。国王陛下は明日の聖騎士トーナメントで叙任された聖騎士の中から私の花婿を選ぶつもりらしいが、私はその手には乗らぬ。別に想《おも》う男がいるのだからな……ま、相手の心はわからぬが」

――へ、へぇ……びっくりした。

「その殿方に自白ポーションはお使いになればよいのでは？」

――わー、私、やめろ。これ以上喋るな。王女殿下に対してなんて無礼な。

しかし王女殿下は嬉《うれ》しそうだ。

「そのようなことをしてどうする。自白させて、その気はないと言われたら身も蓋もなかろうが？」

――確かに。

「いいえ、でも王女殿下の告白なら身に余る光栄でございます。それを断る殿方はいないのではないですか？」

「我が父の権力を恐れて断れぬということか？　ならば、そなたの男が命じられたらどうするのだ。彼はそのような腑抜《ふぬ》けか？」

「あっ、エドワードはそんなことは……ないと思いますが。王女殿下からご覧になって、その殿方はどんな様子ですか？　好意を感じられたりとか――」

自分の好奇心に蓋をすることはもうあきらめた。

「うむ……時々は、脈があるかもしれぬとも思うが、ただの忠義とも見える」

「国王陛下にお願いなさり、お傍に置いてからゆっくりと愛情を育てるという手も……いえ、無礼を申しました。忘れてください」

私ったらまた、無神経なことを言ってしまった。

王女殿下はそんなことを望んでいるのではないのだ。

「よい、恋の話というものに忖度《そんたく》は要らぬぞ。そなたはどうやって双方の想いを分かち合ったのか、教えてほしい」

「彼は大昔からの私の推しなのでございます」

「推し……とな？」

こんなふうにして、私は一時間あまり、あれこれと喋り過ぎたような気がするが、何を話したか詳しくは覚えていない。自白した内容を忘れる——それも自白剤の効果らしい。

*　*　*

その頃、エドワードはハロルドという男から尋問を受けていた。

まず、シャツを脱がされ、背中の烙印を丹念に調べられた。

それをカメラスコープで撮影され、血液も少し抜かれた。

血液検査をするのは、病歴を調べるためだろう。わざと捕虜を疫病《えきびょう》に感染させて敵地に送り込むという戦法もあるからだ。

出自についても尋ねられたが、自分の知っていることは何もなかった。

もしかしたら、これはノワイエ伯爵の策略じゃないかと邪推すらしてしまった。誰しも愛娘《まなむすめ》を奴隷に嫁がせたくはないだろう。

伯爵は、エドワードが聖騎士になれないとわかっていて、ここまで来させたのではないか。

現実を目の当たりにすれば、あきらめるだろうと。

そうすれば、伯爵自ら拒絶をしなくてもすむ――。

そんなことを思っていると、ハロルドが言った。

「いつから烙印があったのだ？」

「物心ついた時から既にありました」

次に、ハロルドは従者から黒い魔石の入った容器を受け取り、中身を見せた。

それは聖騎士トーナメントに参加する際の必須条件であることから王宮に提出したものだ。

「この黒魔石はおまえが獲得したものか」

「はい、フェルケスカス山で戦って得たものに違いありません」

「黒角竜の大きさは」

戦闘時間はどれほどかかったか、どれほどのダメージを受けたか、などしつこいほど黒角竜との闘いについての質問を受け、ありのままに答えた。

それから、エドワードがトーナメント参加のために予《あらかじ》め提出していた身上書を、その男はもう一度熟読した。どんな偽りも見逃さないというような執拗《しつよう》さだ。

「騎士になったのはつい数日前ではないか、叙任が遅かったのはなぜだ」

「それは……魔術攻撃の上達が遅かったからです」

「上達が遅い、とは？」

「さっきも言ったように、魔術攻撃をすると烙印のある部分に激痛が走るので、十分な力が出せずにおりました」

「なぜそれが急に力を出せるようになったのだ？　何かきっかけがあったのではないのか」

その時、エドワードの頭には、愛しいアビゲイルとの口づけがよぎった。

そして、あの甘く幸福な夜のこと――それだけはどうしても回避しなくてはならないと、唇を噛《か》みしめて耐えた。

アビゲイルとの関係だけは、暴露してはならない。

公《おおやけ》に婚約が叶《かな》う前に、彼女の評判を傷つけることがあってはならない。

その意味で、なぜ自分はあの時欲望を抑えなかったのかと心底、後悔した。

「説明できないということは、本当は自分が獲得したのではなく、購入した魔石ではないのか」

「違います」

「ではなぜ黒角竜に勝てたのだ、言え」

せいいっぱい抽象的な表現にすることしかできなかった。

「愛する女性に釣り合うためなら、どんな激痛もこらえられます」

「一緒にいたあの女か。陳腐な言い逃れをするな」

まるで信じていないような口ぶりだ。

しかも、お嬢様を、まるでどこにでもいる女のような言われ方をして腹が立った。

「黙れ」

エドワードはそう一喝し、これ以上アビゲイルについて質問されたらこの男に躍りかかってその口を封じようとさえ思った。

その時、さっき採血した男が戻ってきて、ハロルドに文書を渡した。

彼はそれを読み、途中で視点を止めると、顔をこわばらせた。

エドワードが自分に何か恐ろしい病気でも潜んでいたのかと思うくらい長い間、ハロルドは文書を熟読していた。

次にハロルドが顔を上げた時、その目は少し赤くなっていた。

「そう、か……。本当に黒角竜に、勝ったのだな……」

尋問中に話したはずなのに、彼はそれをうわごとのように繰り返し、それからふらりと立ち上がり、こちらに近づいてきた。

エドワードは身構える。

しかし、次の瞬間、それは肩透かしに終わった。

ハロルドが言った。

「……聖騎士トーナメントの健闘を祈る」

そして執務室の外で待機している衛兵に向けて言った。

「尋問は終わりだ。衛兵、この男を釈放しろ」

自分が罪に問われなかったこと、そして聖騎士に挑む資格をはく奪されなかったことに安堵したが、なんとも奇妙な気持ちだ。

「キリアン・ブローはどうしますか？」

という声に、ハロルドが答えるのが聞こえた。

「釈放。ただし監視をつけろ」

退出しようと、脱がされていた衣に袖を通していると、そこに王女がやってきた。

＊　＊　＊

エドワードの尋問を気にしながら、一時間ほど王女殿下とお茶を飲んだ後、私は殿下に連れられて別の部屋へ行った。

「お嬢様……！」

そこには、エドワードが立っていた。

「エディ！　大丈夫なの……？」

彼はシャツとズボンとブーツを身に着けているだけで、正装のコートや飾り帯や黒曜石のペンデュラムは机の上にきっちりと並べられていた。

いろいろと調べられたのだと思う。

シャツは少し皺《しわ》になっていたが傷めつけられた様子はない、と信じたい。

「はい、もう終わりましたよ。アビー……お嬢様は？」

彼が問い返すと、王女殿下が言った。

「こちらは楽しく茶話会をしていただけだ、案ずるな。ノワイエ嬢はそなたの大切な女子か」

これには、エドワードはかすかに驚きの色を見せ、窺《うかが》うように私へ視線を投げてきた。

私は彼を安心させるように頷き、「ご挨拶して」と言った。

エドワードは胸元に手を添え、美しい姿勢で恭順のポーズを取った。

「王女殿下にご挨拶を申し上げます。私はノワイエ伯爵の護衛騎士、エドワードでございます」

——ちゃんとできるじゃないの、立派な挨拶が。

いつも私の前では「俺」と言うエドワードがちゃんと「私」と言っている､そのギャップもいいと､こんな時に不謹慎ながら思ってしまった。

「ほう。なるほど、ノワイエ嬢が惚《ほ》れるのもわからぬでもない、色男であるな。で、宰相、この男に怪しいところはあったか？」

——宰相……！　このハロルドという人が宰相なの？

私はそのことに驚いたが、王女に問われた男が答えた。

「いいえ、ございません。このとおり、検査の結果も出ています」

『傷病歴……八の月、黒角竜ニ遭遇、魔石取得。軽傷』

採血によって得たエドワードのデータには、彼が本当に黒角竜と戦って勝ったことが明確に証明されていた。

それを見て安心してエドワードを見ると、彼も誇らしげに私を見つめていた。

王女殿下と宰相の会話はまだ続いている。

「なるほど。正真正銘の騎士である。このたびの聖騎士トーナメントに登録した騎士で、黒角竜の魔石を提出した者はそなたひとりだけなのだ。だから宰相が疑うのも無理はなかったと思う。私に免じて許してほしい。……それで、烙印とはなんだったのだ、ハロルド？」

「はい。奴隷の印などではなく、呪術痕《じゅじゅつこん》のようなものかと思います」

驚いたことに、それはお父様と同じ所見だった。

「呪術……？　エドワード騎士は呪われているということか」

これは王女殿下でなくてもぎょっとしてしまう。

「いえ、何かの災いを防ぐための呪《まじな》い、とでも申しましょうか。あるいは赤子の息災を祈って施したり……異国の古《いにしえ》の風習にそのようなことがあると聞いたことがありますし、聖騎士トーナメント出場に際して、何ら問題はないと判断しました」

「異国の風習……エドワード騎士、そなたは異国人なのか？」

殿下に問われて、彼は言った。

「いえ、そのようなことは聞いたことがございません。私の出自については、幼い時にノワイエ伯領のキメラの森に捨てられていたということしかわかりません。……これは本当に、奴隷の印ではないのですか、閣下？」

エドワードも感慨深げだ。

もしそれが本当なら彼も嬉しいだろう。

宰相が何か言おうと口を開いた時、突然、王女殿下がエドワードに詰め寄った。

「そなた、シャツを脱げ。私に見せてくれぬか、その印を」

一瞬、その場がしんとなったが、宰相があんぐり開けていた口をいったん引き結ぶと、ふるんと顔を振り、嘆息した。

「殿下、何をおっしゃるのですか？　私がもう確認済みです」と宰相が言った。

「この目でどうしても見なくてはならぬのだ」

と、殿下は譲らない。

エドワードはシャツのボタンを外し始めたが、宰相が止めた。

「カメラスコープの画像ではだめですか？　それでも納得いかなければ、エドワード騎士に脱ぐように命じましょう」

彼はそう言って、書斎机の引き出しから数枚の紙を取り出した。

そこにはエドワードのたくましい背中が写っている。角度を少しずつ変え、部分的に大写しにしたものもある。

王女殿下はそれを食い入るように見ていた。

たとえ画像だけであっても、エドワードの上半身裸をまじまじと見られると、こちらのほうが恥ずかしくなってくる。

「このような印が肌につけられているということは、彼は異国からの難民の可能性があるということなのか？　どこにその根拠がある？」

妙にこだわる王女に対し、宰相は怪訝《けげん》な顔をしながら、書棚から一冊の本を取り出した。

「確かこの中にその類の風習についての記述がございます、殿下」

宰相は黒い革張りの写本を机の上に開く。

私には全く読めない異国の文字と、何か記号のような図形が並んでいる。

「そなた、このような書物を持っていたのか？　なぜ早く教えてくれなかったのだ」

王女殿下が性急にページをめくりながら、宰相に文句を言う。

「なぜとおっしゃいましても……殿下がそのようなものに関心がおありとは全く存じ上げませんでしたから」

それから、本の半ばあたりで突然王女殿下の手が止まった。

「これが似ておるな」

彼女の指さした画像は、確かにエドワードの背中の烙印に似ていた。

「説明にはなんと書いてある？　ハロルド」

「固有名詞だけかろうじて読み取れますが、ベルバート王国のようですね。全て、呪術古語で書かれているので。……学者に調べさせますか？　十日かそれ以上はかかるでしょうが」

宰相の答えに王女殿下がもどかしそうに言う。

「魔石に読み取らせることはできぬのか？」

「これは石板を写したものらしく不鮮明ですし、呪術古語はごく一部の呪術者か預言者にしか読むことはできません」

その時、エドワードが言った。

「読めます。私でよければ――」

「えっ、エディ、これが読めるの？」

私も思わず叫んでしまったが、彼は静かに頷いた。

「伯爵領では、母国語以外に五か国語を、それと独学で呪術古語を学びました」

「読んでみろ。私はすぐに知りたいのだ」

王女の執着の理由はよくわからないが、その本がエドワードの正面に向けられると、彼はまず、聞いたことのない異国の言葉を発音し、それから訳していった。

「古のベルバート王国の封術。未熟な子どもの魔力暴走を制御するためにこのような呪いを行う。子が成人したのち、呪術を施した師父《しふ》により解呪されるか、あるいは特定の人物の組織液により解かれる――」

――エドワードってばすごい。

私が引き籠もっている間に、彼は何か国語も勉強していたなんて。

そして、彼の訳した内容も驚きだった。

「エドワードはベルバート王国から来たということ……？」

私は思わず、そう呟《つぶや》いていた。

「そうかもしれません」とエドワード。

「この書に書かれていることが当てはまるのであれば、幼いそなたに魔力暴走があったので父兄が呪術を施《ほどこ》したと考えられるな。暴走を感じたことはあったか？」

王女殿下がエドワードにしつこく尋ねる。

「はい。攻撃魔術を使うたびに烙印の部分が激しく痛みましたが、今はもう、そのようなことはありません」

王女の黄金の目が大きく見開かれた。そこには驚きと、かすかに見える喜びの色。

「今はもうないとはどういうことだ。克服できたのか？　そなたは解呪されたのか？」

「完全ではないかもしれませんが、一時的に魔力が解放されます。黒角竜キメラもその時に倒しました」

「その方法を教えろ。この書にある『組織液』とはなんのことだ」

王女殿下の問いに、エドワードがややためらった様子で答えた。

「はっきりとは申し上げられませんが、組織液とは人の身体を巡る血液や汗、リンパ液などではないでしょうか」

その時は、私は難解な話だと思ってぼんやり聞いていた。彼がベルバート人かもしれないという新事実のほうにばかり気を取られていたから。

王女殿下はさらに突っ込んだ質問をした。

「体液ということか？　誰の――」

この段階で、ようやく私は悟ったのだった。

エドワードに口移しでポーションを飲ませた後、彼が魔力を発揮できるようになったことを。

つまり、おそらくその時は私の唾液が作用したのだろう。

私のキスで魔力が上がるというのは、彼の気のせいなどではなかったのだ。

そしてその後のことは――恥ずかしすぎる。

鏡など見なくても私はきっと耳まで真っ赤だと思う。

「殿下。――畏れながら、それは過ぎた尋問かと」

王女殿下の話を遮るなんて不敬の極みだが、宰相が止めてくれてよかった。

自白剤を飲まされているから、赤裸々な質問をされたらどんなことになるか。

王女殿下は宰相に反駁《はんばく》しようとしたが、ふと私のほうを見て、はっとした顔をした。

「ち、違う、そういう意味ではない。解呪できる特定の人物、という行をだな……その条件を知りたいだけなのだ」

「……とにかく、殿下、烙印について確認できましたし、もう気がお済みになったでしょう。明日は祝賀会であり、聖騎士トーナメントです。そろそろ、この者たちを釈放してやってもよろしいでしょうか」

宰相がそうとりなしてくれて、やっと私とエドワードは執務室から出ることができた。

＊　＊　＊

その頃には外はすっかり暗くなっていた。

客室に向かって城内庭園を歩きながら、私は興奮していた。

「エディ、呪術古語があんなにすらすら読めるなんて驚いたわ。それに、ベルバート王国？　あなたは滅亡の時に逃げてきた誰かの子どもだったのかしら。いろいろありすぎて胸がいっぱいだわ……でも王宮って思ったより公正なのね」

すると、エドワードが人目もはばからず、抱きしめてきた。

「エディ……？」

「アビー、今の俺の気持ち、わかりますか？」

「ええ？　……釈放されてホッとしているわよね。ううん、でも寂しい？　あなたにとっては、祖国がもうなくなってしまったということだもの」

本当は、なんとなくわかっている。彼が奴隷でなかったということが嬉しいのだろう。でも私にはそれはどうでもいいことなのだ。

ただ、彼の心が晴れればいい。それだけのこと。

「あなたには敵《かな》いませんね、アビー。俺は些末なことにこだわる小さい男ですよ」

「ふふっ。……でも王女殿下がエディの裸を見たらどうしようかと思っちゃった」

「えっ、そこですか？」

「だって王女殿下、とても素敵な方だもの。あなたの肌を見たいとおっしゃって、じっと顔を見つめていらしたのは、やっぱりエディに恋に落ちてしまわれたかもしれない。私が以前、あんなに望んでいたエディと王女殿下の結婚が実現するかもしれないと思うと、胸が騒ぐの。これは喜ぶべきこと？でも……」

ここで王女との「結婚」と言ってしまったのは、自白剤のなせる業だ。

「何、血迷ったことを言っているんですか、アビー、あなたのほうがずっと素敵です。あなたが世界一可愛いし、俺にはあなたしか目に入りません。あなたのために、頑張ります」

「ど、どうしたの……エディ」

いつになく積極的に愛を語ってくるエドワードが不思議で——もちろん、二人きりの時はそうだけど、ここは王宮の小道で誰が通るかわからないのに——、ふんわりと彼を押し返すと、彼は顔を赤らめた。

「あ、……すみません、実は、尋問のために自白剤を飲まされました」

「あなたも？」

「だから、止められないです。あなたへの気持ちを」

そして、彼はまた抱きしめてくる。

「嬉しいけど、待って。ここではだめ」


そして両親に何事もなかったことを報告して安心させた後、私は今、エドワードと一緒にベッドにいる。

ノワイエ伯爵夫妻に一部屋、そして私には小さな客室を一部屋あてがわれていた。

「エドワード……認められてよかった……」

私たちは何度も口づけを重ねた。

「愛しています。あなたのために、明日は誰よりも勇敢に戦い、必ず聖騎士になります」

「でも、危険なことはしないでね、お願いだから」

だが、エドワードはそれには返事をしてくれないのが不安だ。

彼はただ、私を抱きしめて繰り返す。

「絶対にアビーと離れない。アビー、愛しています」

自白剤を飲まされたから、彼が囁《ささや》く愛の言葉は全部本心ということだ。

濃厚な口づけ、肌という肌全てを飲み尽くそうとするほどの熱情に、私は何度も甘い嬌声を上げてしまう。

自白剤だけじゃなく、媚薬《びやく》も飲まされたのではないかしら、二人とも。

そう思えるほど、熱く、激しい夜。

むさぼるような口づけを繰り返し、舌と舌を擦り合わせる。

私がエドワードの首筋を引き寄せて、もっと強い抱擁をねだれば、彼は私の背中をきつく抱きしめて、息すらできないように押し包んでくる。

もう既に、彼の劣情は硬く屹立《きつりつ》して私の下腹部を圧迫している。

すぐにでも挿入《はい》ってきてほしいのに、彼はまだ私の胸や肩を唇で食《は》んで弄《もてあそ》び、こらえているように見える。

「ん、ん……エディ……、好き。ほしい」

「待って、アビー」

吐息混じりのその声に余裕なんてなさそうなのに、いきなり貫《つらぬ》くようなことはしない。

少しくらい乱暴にしてくれても平気なのに、彼は私の秘裂にそっと指を滑らせてきた。

「あ……」

そこはひどく敏感になっていて、少し触れられただけですぐに熱いものを滴らせる。

湿った音と感触で、私がどれほど彼を求めているか覚《さと》られそうだ。

肉襞が彼の指に絡みつき、淫靡《いんび》な蜜でなじませていく。

「急がないで、まだ狭いです、アビー」

「ん……でも――っ」

その瞬間、深いところへ彼の指がするりと入ってきて、私は言葉を詰まらせた。

「ほら、無理にしたら痛いですから」

彼の指先は私の奥でうごめき、電撃のような快感を走らせる。

「ああっ、ん……っ」

私は背筋を強張らせて快感にわななく。

太腿を伝って流れ落ちる滴り、彼の指が立てる淫らな音。

「あ……っ、もう……っ、エディ」

大きく胸を弾ませて懇願すると、彼はようやく私の足を開かせ、剛直を押し当てる。

花裂を開いて先端を挿《さ》し入れ、それから私の腰に手を回して力を込めた。

最初の硬い抵抗をねじふせて、もうひと息奥へ――。

熱く擦れるような刺激に私は喘《あえ》いだ。

「あ、……あっ」

彼は少しずつ肉棒を押し込んできて、半ばまでくると呻《うめ》くように言った。

「……っ、アビー……すみません」

そして同時に、一気に突き上げてきた。

「ん……あっ、エディ……！」

いつまでも慣れないこの圧迫感だが、それが嬉しくもある。

彼と本当にひとつになっている気がする。

「エディ、私、嬉しい……」

その声に反応するように彼がもっと深く押し上げてきた。

「アビー、壊してしまいそうなのに、止められません」

大丈夫、と言うように彼の背中を抱きしめる。

私の中の怒張がさらに質量を増した。

「あ……あ、……すごい……エディ……っ」

「アビー、……う、きつい、です」

彼の苦しそうな、そして色っぽい声が、耳にずしんと響く。

そんな声を聞いたら、無意識に私の胎内が収縮してしまう。

蜜襞が彼の雄竿を包み、舐《な》めるように絡まっているのがわかる。

彼は逃げるように身を引いたと思うと、また突き上げてきた。

「は……ぅ、ん」

「……アビー……！」

彼の髪は汗に濡《ぬ》れていた。気を遣《や》らないように踏みとどまろうとしているのか、時折噛みしめる唇、ひそめた眉。どんなに乱れても美しい私のエドワード。

私の身体の奥では、もう彼の理性は敗北しているとわかっているけど、私の頬《ほお》に触れるその手はやさしい。

「エディ……もっと」

私がそう言うと、もうなんのためらいもなく、彼は抽挿を繰り返してきた。

そのかり首が私の胎内をえぐり、敏感な場所を突いてくるたびに、目の前が真っ白になる。

耳に届くのは、自分のものでないように甘く媚《こ》びた嬌声と、エドワードの荒い吐息。

私はシーツを握りしめて、意識が飛びそうになるのをこらえる。

身体がどんどん押し上げられ、柔らかな乳房が揺れる。

その胎内は不規則に痙攣《けいれん》して、彼を締めつけていた。

「アビー、気持ち、いい……です。達《い》ってしまいそうだ」

「私も……溶けちゃう……っ」

身体の奥から噴き上がる劣情に自失しそうになり、私は思わず彼の背にしがみつく。

「……っ」

私のお腹《なか》の上で、彼の身体が一瞬強張った。
そして、子宮口が熱く疼《うず》き、彼を受け止める。
「あ、あ……あああっ」
ドクン、ドクンと私の中で脈動するエドワードが、とても愛しい。
この世界でたった二人だけになったような気がする。
甘く、美しく、熱い夜を、二人で——。
彼は何度も私の中に挿入ってきて、その精を散らした。
「俺は、こうしていると本当に自分が強くなれる気がする」
彼が甘い閨言《ねやごと》でそう言っているのかどうかはわからない。
組織液がどうとか——それが本当ならいくらだって彼に抱かれる。
彼の魔力を開放できるなら、何だってできる。
そしてそれが彼の自信につながるのなら。
明日は聖騎士トーナメントが行われる。
そしてその午後には王女殿下の誕生日を祝う盛大な宴が始まる。
この素晴らしいエドワードが優勝して、聖騎士になる。
ついに彼はお父様に「アビゲイルお嬢様との結婚をお許しください」と言うのだ。
なんて素敵なのだろう。

そんな甘い夢を見ながら、彼の腕の中で眠った。

＊　＊　＊

一方、宰相の執務室では――。

「あと少しで吐いたかもしれぬのに、なぜ止めた？　なぜあの二人を釈放した？　よけいなことをしたな、そなたは」

王女殿下がご立腹だ。

「捕縛する理由がありませんでしたから」

「この愚か者が！」

王女に叱責されて、ハロルドは唖然《あぜん》とした。

そこまで言われるほどのことだっただろうか。

「私は公務を果たしただけです。たとえ聖騎士トーナメント参加者が亡国の難民や忘れ形見であったとしても問題はございません、殿下」

「そういうことではない。魔力暴走を制御するために呪術を行われた者が、どうやって解呪されるかが知りたいのだ。そして呪術を施した者が既に死んでいたり、不明な場合はどうすればいいかが知りたかったのだ。おそらく、エドワード騎士の場合はノワイエ令嬢が解呪の切り札だったということではないのか？　彼らが同衾《どうきん》して血や汗を混じらせたことで解呪されたと想像できるが、その特定の人物の条件はなんなのだ」

「殿下――なぜ一介の騎士の呪いに関して、そこまで執着なさるのですか？　しかも他人の閨事にまで言及なさるとは上品とは申せませんね」

すると、王女殿下はギリッと音がするほど奥歯を噛みしめた。

「そなたはこの世界が終末を迎えてもいいのか？　私が魔力を制御されたまま、ベルバート王国のように滅亡するのを黙って見ているつもりか。これはロゼリンド王国だけの問題ではないのだぞ」

ハロルドは、王女の執心の理由がようやくわかった。

彼女は自分の魔術攻撃力が弱いのを、エドワード騎士の例になぞらえているのだ。

この世界はロゼリンドとベルバートの二大国以外には魔力を持たない民の小国がほとんどで、それらのいくつかはもう消失している。かつて二大国が両輪で支えていたものがベルバートの滅亡によって今は一つだけになり、それが倒れたらもうキメラを防ぐ障壁は保てなくなる。

自分が強くあらねば、やがて世界は終わる。

王女の魔力は生まれつき弱いのではなく、呪術者によって制限されていると思いたいのだろう。そのほうが希望が持てるからだ。

――そうではありません、殿下。

ハロルドはパトリシア王女の胸の内を思い、既に諦観していた自分を申し訳なく思った。

——ですが、それは避けられないことなのです。運営がサービス終了を決定したのだから。

そうなのだ。ハロルドはここがゲームの世界の中だと知っていた。

彼は遠い昔の異世界へと思いを馳《は》せる。


前世で、ハロルドは仕事中に交通事故に遭ってから体調不良が続き、結局退職した。

身体を起こしているのがとても辛く、一日の大半をベッドで過ごさねばならなかった。

そんな時に見つけた気晴らしがスマホアプリのゲームだ。

彼はハルというユーザー名で【薔薇の箱庭】をプレイしていた。

ゲームをしている間だけは何もかも忘れていられた。

通常、イベント期間中に千回程度プレイすれば報酬を獲得できるところを、彼は一万回はやった。

課金には否定的で、時間と手間を惜しまずにレベル上げをした。ネット検索であらゆる情報を収集し、睡眠時間を削ってでもプレイした。

また、新しいイベントは誰より早くクリアして、その動画を配信していた。

効率のいい進め方や、キメラを効果的に駆除できる裏技も見つけて発信した。

そうしているうちに、いつの間にか、彼は『レジェンド』と呼ばれるようになっていた。

ある日、彼はフェルケスカス山で従騎士のレベルを上げるという名目で、動画の生配信をしていた。

ゲーム自体がマイナーだったのでリアル視聴していたのは数十人に過ぎなかったが、その目の前で、従騎士を死なせるという失態を犯してしまった。

その時の従騎士が『エドワード』だったのだ。

ただ、鍛錬するだけのつもりだったのに、なぜかあの時、実装されているかどうかすら疑われていた激レアな黒角竜キメラが出現し、視聴者も自分もひどく興奮した。

『レジェンド』と呼ばれている自分がここで撤退《てったい》するわけにはいかない。

それがあんな結果に終わるなんて。

自分の判断ミスで、しかも生配信中に、騎士をグロいほど無残な死に方をさせてしまった衝撃は忘れられない。動画はすぐに削除し、ハルは二度と配信しなくなった。

ゲーム界隈《かいわい》では、『レジェンド引退』と噂《うわさ》された。

実際のところ彼は、薬を飲む気力も食欲もなくなり、完全に寝付いてしまった。

衰弱した彼は、やがて失意のうちに死んだのだった。


次に目覚めた時、ハルは異世界にいた。

あのゲームの世界に！

王宮に勤める馬丁《ばてい》の息子ハロルドとして生まれ変わり、馬の世話をしながら成長した。

前世を思い出したのは、彼が十歳になって、国王夫妻に姫君が誕生した時だ。

パトリシア王女殿下である。

彼女は国民に愛されながら、すくすくと成長した。

ある日国王陛下が王女のために馬を贈ることになった。

白く美しい馬が選ばれ、ハロルドがその世話をした。

王女にケガをさせることのないように細心の注意を払い、王女が乗馬する時には、つきっきりで警護した。

王女は彼を『ハル』という愛称で呼ぶようになった――前世のあの名前で。

そうするうちに、王女の信頼を得て、ハルは彼女の護衛に任命された。

前世では病んで衰弱していったのが、この世界の身体は活力に満ちていた。

それが嬉しく、同世代の小姓たちから抜きんでて出世した。

王女のお気に入りということもあるが、人の十倍は働いたし、情報収集も熱心にやった。

そもそも、前世でゲームのシナリオを熟知しているので、妬みや裏切りによるトラップにも気づいて回避できたし、キメラの弱点も知っているというアドバンテージがあったのだ。

こちらでの仕事のすべてが、彼にとってやりがいのあるものであり、努力しただけの手ごたえがあった。前世で失った有意義な人生を、転生して手に入れた。

ただ、こちらの世界に来ないとわからないことも多々あった。

王女殿下のスキルレベルである。

王族なら皆、強力な攻撃魔力を持っているのだが、王女のそれは極端に弱かった。

国王夫妻に、他に男が生まれれば問題はなかったが、ついに男子には恵まれなかったのだ。

数年前から、国王は聖騎士トーナメントを開き、王女をサポートして国を守れる最も強い騎士を集めるようになった。

そのうちのひとりを王女の婿に取るご意向だろうとハロルドは思っている。

二十一年前に、隣国のベルバート王国の障壁が破られ、キメラを防ぎきれなくなって滅亡した。王族もろともキメラの襲撃に遭い、わずかに生き延びた者はこちらのロゼリンドにも逃げてきてさまざまな問題が起きている。

さらに、この亡国を見事言い当てた大預言者の遺言が、今になって見つかったのだが、そこにはさらに悲観的なことが書かれていたのだ。

今年の九月末に、この世界は滅亡する――と。

実際、ありえないこととも思えなかった。

キメラが強くなりすぎたのか、王族の魔力が弱くなったのかはわからないが、最近ではロゼリンドにも障壁をくぐり抜けて実害のあるキメラが迷い込んでくるようになった。

このままではロゼリンドも滅びてしまうと言われても頭から否定できない。

唯一の世継ぎのパトリシア王女の魔力の弱さもあるから、不安材料しかない。

ハルは必死に情報収集をした。前世の記憶もたぐりよせて、王宮の防御壁強化にも努めた。

そんな働きが高く評価されて、いつのまにか彼は宰相の座まで上り詰めていた。

まだ解決策は見つからないが、前世に収集した中で、気になる情報がある。

それは、ゲームアプリの開発者自身が発信したメッセージだ。

『ネット検索すればすぐに答えの出るゲームに、私は一石を投じようと思う。

このゲームに、私しか知らない二つの秘密を仕掛けた。

答えはヒントも情報もない中で見つけてほしい』

結局、前世ではその謎は解けなかった。

こんないきさつにより、エドワード騎士の傷病歴から黒角竜に本当に勝利した事実を目の前にすると、かつて死なせた自分の従騎士を思って、胸が詰まるのだ。


——もしかしたら、あの呪術痕が開発者の仕掛けた秘密なのか？


ハロルドはそう思い至り、いや違うと首を振る。

原作者によって仕掛けられた秘密は二つなのだから。

「——おい、聞いておるのか、ハル？」

王女殿下の声に、ハロルドは我に返った。

「あ……殿下……えっ？」

彼が驚いたことに、王女殿下は不器用な手つきで自分のドレスのボディスを外しているところだった。

「殿下！　何をなさっておられます？」

「何を腑抜けた顔をしておるのだ。早く手伝え。……そなた私を前にして上の空とはどういうことだ」

「や、で、ですから、殿下。なぜドレスをお脱ぎに……お休みになりたいのであればご自分のお部屋にお戻りください。私がお送りします」

「ああ、女子のドレスというものは本当に面倒くさいな。やはり乗馬服のほうが心地よい」

そう言って、王女はようやく外したボディスをドサリと床に落とし、次にコルセットの紐《ひも》を次々に抜いていった。

コルセットを外しブラウスを脱ぐと、それをハロルドの書斎机に放り投げた。

スカートは脱ぎはしないものの、上半身は薄絹の下着だけだ。

ハロルドは目を逸《そ》らした。

「殿下っ、おやめください。私の首が飛びます」

「何を言っておるか。そなたを襲うつもりはない、まだ。それより見よ、これを。今まで知らせていなかったが、私にもあの騎士と似た呪術痕がある」

——えっ？

「ベルバート王国の古い風習だとすれば、それがなぜ私の身にあるかは知らぬが、魔力を十分に発揮できない理由かもしれぬだろう？　それをエドワード騎士は克服したというなら、私も希望が持てるではないか。だからあのようにくどいほど尋問した」

——なんだって？

見たいが、王女の素肌など見ていいはずがない。ハロルドは目を閉じた。

「見ないなら触って確かめるがよい」

そう言って、王女がハルの手首を掴んだので、もうたまらず彼は目を開けた。

触れるのは絶対ダメだ。

すると、目の前に美しいなめらかな肩や細い腕があり、幸いなことに、それは後ろ姿だったのだが——彼女の白い肌、ちょうど心臓の後ろあたりに、さきほど見たのと同じような烙印が淡く光っていたのだ。

「王女殿下！　これは……？」

「両陛下と、乳母と侍女しか知らぬ。それらの誰にも、これが何なのか説明がつかないのだ。私は、どこかですり替えられた異国の娘なのかもしれぬ。だとすれば女王になるなど、端から無理だ。しかし膨大な魔力を制御するための印なのだとしたら——その鍵はどこにあるのか、知りたいのだ。知りたかったのだ、それなのにそなたは」

ハルはもう不敬とか自制という感情を忘れて、その印に見入っていた。

王女殿下がよちよち歩きの頃から近くにいたのに、こんな重大なことを知らなかったことに衝撃を覚えた。

——もしかしたら、これが二つ目の秘密……なのか？

「どうか時間をください。あの騎士をもっと調べてみます。ですが——」

王女を自室まで送る間、ハロルドは興奮する心を抑えて言った。

「もし、殿下が膨大な魔力をお持ちであれば、この国は救われましょう。しかし、魔力を解放すれば凶悪なキメラを引き寄せてしまい、殿下に危険が迫ります。私は、殿下は今のままで、強い聖騎士を婿にお取りになるのが最善の策だと思っています」

「いかにもそなたが言いそうな、つまらぬ答えだ」

王女はそう言うと、その後ずっと無言だった。

＊　＊　＊

翌日、聖騎士トーナメント。

さわやかに晴れ渡った王宮の空に、ファンファーレが響き渡る。

そこに、国王陛下と王妃殿下、王女殿下が登場し、聖騎士トーナメントの始まりを宣言した。

少々退屈な、王族の方々の祝辞を聞きながら、私は昨夜会ったハロルドと呼ばれていた男の地位の高さを改めて実感した。

――宰相って国王代理のようなものよね。

なんて若い宰相だろう。彼はどうみても三十歳にはなっていないように見えた。

エドワードは大丈夫と言ったけど、王の側近ともいえる宰相の印象を悪くしてしまったかもしれない。

そんな心配をよそに、王庭にしつらえられたトーナメント会場に、輝かしいアーマーをつけた騎士たちが整列している。

前半はアナログな槍試合で勝敗を決め、決勝に進んだ四人の騎士が家畜キメラを相手に戦うことになっている。家畜キメラとは、騎士の鍛錬用に、野性の凶暴さを消失させてブリーディングされたキメラで、騎士が死なない程度の攻撃しかしてこないらしい。

それでどうやって鍛錬になるか疑問だが、まずはアナログ槍試合で勝たなくてはいけない。

門番に賄賂を渡した裏技が効くかと思ったが、そうでもないようだ。

でも、エドワードがこれで負けるはずないと確信している。

昨日もそんな裏技に頼らないほうがよかったと後悔したばかりだ。

またラッパが鳴り、槍試合の第一戦が始まった。

「頑張って、エディ！」

金銀のアーマーをつけた騎士が会場の両端に並び、馬に乗って中央へと進む。

それぞれの騎士を応援する歓声と、アーマーの金属音が響く。

——頑張って、エディ……！

私は祈るような気持ちで会場を見ていた。

その時、騎士たちのアーマーに照っていた陽光がふと翳《かげ》った。

雨雲かと思って目を上げると同時に、あちこちからまた歓声が上がった。

空は青く晴れ渡っていて、巨大なキメラが飛んでくるのが見える。

本来は槍試合ではキメラは登場しないはずで、周囲も違和感を覚えているような反応だ。

「あれは、決勝で戦う家畜キメラよね？　……でもすごく大きい」

他の観衆たちもそう思ったに違いないが、次の瞬間、王の声でみなが沈黙した。

「騎士たち、試合を止めよ。野生のキメラが襲来した。騎士以外は避難せよ」

そして衛兵に守られて国王夫妻と王女殿下が城内へと避難を始める。

「……嘘、トーナメントのキメラじゃないの？」

観衆はまだ、どちらとも判断がつかない様子で、キメラが飛ぶのを見ていた。

今まで見たこともない、美しく巨大な竜のキメラだった。

けたたましい警鐘が鳴り出しても、私たちの危機感はまだ薄かった。

だが、次の瞬間、巨大キメラが鐘塔《しょうとう》に向かって炎を吐いたのを見た時、全ての人が命の危機を感じたと思う。
鐘塔は一瞬で溶けて崩れ落ちた。
『逃げろーっ』
『巨大なキメラが襲来しました』
『金剛竜《こんごうりゅう》キメラです』
『みな、大広間へ！』
『騎士は待機せよ』
ただならぬ雰囲気に、逃げまどい、転ぶ人もいた。
お祭り騒ぎから一転、戦時下のようにひっ迫した雰囲気に包まれた。
——え……こんなの聞いてない。
ゲームにはこんなイベントはなかった。
聖騎士になるには、トーナメントに出て勝つのが王道なのに。
しかも金剛竜キメラなんて、聞いたことがない。
庭にいた人々はみな大広間へと逃げ込み、騎士たちは中庭で列を作る
それぞれに魔術攻撃を仕掛け始めた。
「エドワードはどこ……？」
予想外の展開に、胸が苦しくなるほど不安になった。

そこに、ミアがやってくる。

「お嬢様、ここにいらしたのですか」

ミアと合流して、二人で手を取り合う。怖くて、誰も彼もがすがりつきたい思いだった。

「あんなに大きなキメラ、町で見たことありません」

「フェルケスカス山でも見ないと思うわ」

明らかに結界がどこかほころびているとしか思えない。

「大丈夫でしょうか」と震えるミアに、私は言った。

「大丈夫、魔術攻撃を使える騎士がたくさんいるんだもん。きっと倒せるわ。ただ、騎士の何人かは負傷するかもしれないから、治療の用意をしておかないと――」

自分でそう言っておきながら、足が震えてきた。

フェルケスカス山では黒角竜が最大の敵だ。

それ以上に強そうな竜が、こんな町に現れること自体が異常なので、この結末が予想もつかない。

これが、トーナメントを割愛して聖騎士になるルートというわけ？

私はなんてことを……。

いや、それにしては被害が甚大なのではないか。

次に、森番の言葉が蘇《よみがえ》った。

――終末が近づいておるという噂だ。

サービス終了と同時に、この国もキメラに襲われて滅びるのかもしれない。

もしそれが本当なら、最後の瞬間はエドワードと一緒にいたいと思った。

――でも、私は前世ではカンストプレイヤーだったんだもの。

そんな誇りが頭をもたげてくる。

私にだって少しくらいは力になれるはず。

「私は騎士を援護するわ。あなたは私の荷物から癒《いや》しポーションをありったけ持ってきて」

「はいっ……」

「赤い革のトランクに入っているから、それを持って大広間へ」

「わかりました」

私は三階の窓から様子を探る。

竜は一度炎を吐いた後は、飛んでいるだけで、新たな攻撃をしてきてはいない。

それでも城の上空を滑空するだけで竜巻のようなうねりが起こる。

――どうしてそんなキメラがいるの？

こんな強大な城壁を張り巡らせた城なのだ。

城壁にはキメラから城を守る防護魔術が施してあるので、城内にあんな大型キメラがやってくるなんてありえないのに。

――エディが黒角竜を倒して、状況が変わったのかも。

騎士が聖騎士になると、レア度の高いキメラとの遭遇確率が上がると噂に聞いたことがある。

エドワードはまだ王宮で認められた聖騎士ではないけれど、彼の魔力が解放されてキメラを呼び寄せてしまったことは考えられる。

大型キメラは上空を何度か旋回している。

まるで何かを探しているみたいに――。

そしてとうとう竜の鱗がはっきり見えるほど低空に下りてきた時、騎士たちが放つ青白い閃光がその首めがけて放たれた。

無数の光が、竜の首を通過した。

「第二射、撃て」

王国軍元帥の号令に、騎士たちが応えて、それからいっせいに、多くの光線が竜に向かって投げられた。

「防御」

二組に分かれた騎士たちは、攻撃の次に、防御組が障壁を張る。

竜はなんのダメージも受けていないかのように、中庭の上空でホバーリングしていた。

翼が翻るたびに、場内の木々が揺れ動き、地上で迎え撃とうとしている騎士たちをもなぎ倒す。

騎士たちの魔術攻撃のいくつかは逸れて、いくつかは当たったが、当たっても竜の傷はすぐにふさがってしまう。

「整列、集中！」

元帥が号令をかけ、騎士たちは立ち上がってまた隊列を組んだ。

「用意」

その声に合わせて、私も密《ひそ》かに構える。

「撃て」

音の時差でやや遅れたが、私も加勢しようと竜に向けて魔術攻撃を放った。

騎士たちがいっせいに行った集中攻撃で竜の喉元に大きな穴があいたが、すぐに塞がっていくのがわかった。

そこに私の時間差の一撃。

こちらはひとりだし、大した援護にもなっていないかもしれないが、場数だけは踏んでいる。

狙いどころも、わかっている。騎士たちの狙った場所より少し下。

『レジェンド』が発見したキメラの弱点であり、威力が何十倍の効果を発揮するポイントだ。

前世のレジェンドはこの世界の騎士たちよりキメラをよく知っていたのだ。

塞がろうとしていた皮膚を断ち切るように、それは竜を貫き、空の向こうまで伸びた。

「おおっ」

騎士たちがどよめいた。

手ごたえあり。

もう一撃できれば……いや、でも障壁を作ったほうがいいかしら。

その迷いがよくなかった。

どちらの行動も取れないまま、一瞬固まってしまったそのタイミングで。

竜の赤い目がこちらを向いた。

――ひっ……

実際にはせいぜいゴキメラかツグメラしか撃ったことがないのに、体験したことのない竜との睨《にら》みあいは恐ろしい。

穴の開いた竜の首がゆらりと動き、完全に首を私のほうに向けた。

くわっと大口を開けた。その喉の奥が噴火寸前の火山のよう。

――まずい……。

「ヴァ、障壁《ヴァリエール》……っ」

私は防御の構えをした。ねっとりした雨のようなものが降ってきて障壁を作るのも間に合わなかった。巨大な火の塊が飛んできて、目の前が真っ赤になった。

何も見えず、轟音《ごうおん》が耳をつんざく。

ただ、最後に愛しい声だけが聞こえたような気がした。

――アビー……！

＊　＊　＊

「アビー！　しっかりして、アビー！」

お母様の声だ。また最初からやり直し？

——と思ったけれど、違っていた。

私は自分が誰なのかよくわかっていたし、どうしてこんな状況なのかも理解している。

重い瞼《まぶた》を上げ、ふうっと息を吐き、私は声のする方に顔を向けた。

「お母様……」

「アビー！　ああ、気がついたわ、よかった……！　どこか痛いところはない？」

ううん、大丈夫、と言って、私は周辺を見た。

少し煙臭いにおいがするが、城全体が燃えていないということは、無事だったのだろうか。

「あの……大きなキメラは？」

私が尋ねると、お母様は恐ろし気な顔をして首を振った。

「消えたわ……危ないところだった」

「よかった……」

私が胸を撫《な》でおろすと、お母様は急に眼を釣り上げた。

「何がよかった、ですか！　この親不孝者！　また心配をかけて」

――ひっ。

こんな怖いお母様は初めて見た。いや、ジョシュア事件以来二度目か。

それと同時に、「よかった」などと言っては不謹慎な状況なのかもしれないと気づいた。前線で戦っていた騎士たちの中には命を落とした者もいるかもしれない。

「あの……それで……みんな、どうなったの？」

お母様は辛そうな顔をしてうつむいてしまった。

侍女のミアは目を真っ赤にしている。

医師はこちらに魔石をかざすと言った。

「ご令嬢はショックと疲労でお倒れになっただけで、キメラの攻撃は直接受けておられません。休養をとられれば、何の心配もございません。不幸中の幸いでした」

「不幸中の……って、あのう……何があったんです、か。お父様は？」

「お館様はご無事です。大広間で負傷した騎士の救護を指示しておられます。恐ろしい竜でございましたな。ご令嬢のいらっしゃった三階のバルコニーが少し焦げましたが、城の損害は最小限で済んだと申せましょう。ただ――」

「ただ？　何があったんですか？」

「騎士がひとり、名誉の重傷を負いました。もう手の施しようがなく――」

「え……っ」

私は跳ね起きた。

「もしかしたら、私に向かってきた竜の攻撃を止めようとして……?」

そして、誰かが私のために犠牲になった。

そうだ、そうでなければ、私がこんな無傷で済んだはずない。

誰が?

その時、意識を失う直前に聞いた声が蘇る。

騎士の名を聞かなくても、それは明白なことだった。

私の危機に誰よりも先にかけつけて、その身を犠牲にしてでも助けようとする男は、この世にひとりだけだ。

「嘘……っ」

私の胸は張り裂けそうだった。

身体がぶるぶる震えて、足に力も入らなかったけれど、ベッドからずり落ちるようにして抜け出し、ミアの手にすがり、大広間へと向かった。

そこはまるで野戦病院の様相で、負傷兵たちが手当を受けていた。

そのいちばん奥に寝かされた騎士を何人もの人が取り巻いている。

私はよろよろと階段を下りた。

「お嬢様、危のうございますよ」

ミアがしっかりと私の腕を支えてくれるが、そこにたどりつくまで、スローモーションかと思うほど足が前に進まなかった。

「しっかりしろ、気を確かに持て」

と、悲痛な声で励ましている者がいる。

「血が止まりません」

「鱗が心臓に食い込んでいます」

重傷の騎士の命の戦いが繰り広げられている。怖くてたまらない。

大広間に漂う血の臭いで気分も悪くなってきた。

「しっかりしろ、傷は浅いぞ！」

「誰か、癒しポーションをもっと」

あちらこちらで悲痛な声が飛び交っている。

――エディはどこ？

その時、恐ろしい言葉が聞こえた。

「――死ぬな、戻ってこい、エドワード！」

――まさか……同じ名前？

「偶然よね……？　エディじゃないわよね？」

だが、ミアが言った。

「いいえ、そこに……エドワードさんがいらっしゃいます」

それを聞いて私の目の前は真っ暗になった。

ミアが隣で何か話しかけているのも、もう聞こえなくなった。

それでも行かなくては。彼のところに。

もう足が言うことを聞かなくて、私は冷えた床の上を這《は》っていた。

「エディ……、エディ……」

「アビゲイル」

誰かがそう言って、私の身体を抱え上げる。

「お父様……」

目の前を遮っていた人たちがさっと横にずれて、私に道を空けた。

仮ごしらえの寝台に、血まみれのエドワードが横たわっていた。

衣を裂かれ、何かの術を施そうとしたのだろうが、左胸に刺さった竜の鱗は執念でそうしているかのように彼の皮膚に食い込んでいた。

私が贈った彼の晴れ着は大量の血を吸って、雑巾みたいになっていた。

固く閉じたエドワードの目、蠟人形《ろうにんぎょう》みたいに白い顔、唇はかすかに開いていて、歯と下唇の間には血がにじんでいた。

「どう……して……こんな……？」

私が震える声で問うと、見知らぬ騎士が答えた。

「お嬢さんに火を吐こうとした竜に向かい、エドワード騎士は水の波動を繰り出してそれを止めました。そして、同時に竜に攻撃を繰り出し、それが止めをさすことになりました。大変立派な戦いぶりでした。竜は最後に一矢報いようと鱗をエドワード騎士の心臓めがけて飛ばしたのです。エドワード騎士は大変勇敢でありました」

その男性に付け加えて、お父様が言った。

「そうだ、並の者なら、即死するところだったのだ。おまえに会いたい一心で持ちこたえたのかもしれぬ」

「エドワード……目を開けなさい」

私は震える声で言ったが、なんの反応もなかった。

医師は沈痛な顔で首を振った。

「手の施しようがありません」

「看取《みと》ってやれ」

というお父様の言葉を、私はひたすら拒んで首を振った。

「ポーションをください、癒しのポーションを」

「もう無駄なのだ。刀剣のように鋭い竜の鱗が心臓にまで達しておるのだ」

「いやです。私は癒し魔術が使えるって、エディが言ったんです。だからまだ間に合います。そうでしょ、エディ、起きなさい」

ポーションの空き瓶が枕元にいくつも転がっていて、医師たちが手を尽くしてくれたのだとわかる。

でも私はどうしても、あきらめたくないのだ。

「娘の気のすむようにさせてやってください」

お父様がそう言うと、医師が癒しポーションを渡してくれた。

私はそれを口に含み、エドワードの口に注いだ。

こぼれても、こぼれても何度も。

涙が溢《あふ》れて、エドワードの頬に落ち、彼の口にも流れた。

私は、ポーションの効き目も現れないことに絶望した。

もうだめなの……？

騎士叙任の時にお父様が言っていたのはこういうことなの？

彼が結婚したい女性がいると言ったのに、お父様はその名前を言わせなかった。

聖騎士になる前にエドワードが死んだら、私が不名誉な婚約者になってしまうと。

そんなこと、どうだっていい。

「エドワード、愛してるわ」

こんなに昔から、他の誰にも心を動かさずに愛してきたことを、不名誉な婚約者だなんて誰にも言う資格はないはずだ。

「愛してる……！」

彼の蒼白《そうはく》な顔を撫で、乱れた髪を整える。

私の目から涙がぽたぽたと落ちて、エドワードの顔を濡らした。

彼の瞼にも、頬にも涙が落ちた。

怖くてまともに見ることができなかった彼の胸の鱗も、勇気を出して直視する。

私が中途半端に援護しようとして怒らせたせいで、竜はエドワードを殺したのだ。

「ごめんなさい、エディ……」

涙が止まらなくて、竜の鱗にもこぼれ落ちた。

再びエドワードにキスをした時はしょっぱい味がした。

その時、私の唇の下だ、かすかに漏れる息。

「………う」

私は驚いて顔を離し、エドワードを見た。

唇がぴくりと震え、舌が動いている。

「エディ……？」

「ア……ビー」

「エディ！」

今度こそ、彼ははっきりと目を開けて、私を見た。

そして、無理をして微笑み、手を伸ばしてきた。

私はその手を握りしめる。

すると、その見ている前で、彼の胸に深々と刺さっていた竜の鱗が輝きだし、透明になって浮き上がった。それは天井近くまで上昇して止まり、強烈な光を放っている。

無理に引き抜けば大出血して助からないと言われていたが、鱗が浮き上がると同時にエドワードの胸の傷口も塞がっていく。

「あれはなんだ？」

「なんとまばゆい」

「……金剛魔石《こんごうませき》だ……！」

そんな声があちこちから聞こえてくるが、私にはどうでもいい。

ただ、エドワードの身体だけが心配だった。

私は、彼の胸に耳を当てる。

力強い鼓動が戻ってきていた。

「エディ……エディ、生きて、るの？」

「アビー、俺は……大丈夫ですよ」

それが気休めの言葉にも思えて、彼の身体を調べたが、傷跡すら残っていなかった。

エドワードはゆっくりと上半身を起こした。

「ほら、俺は無事ですよ」

と彼が言う。

「おおっ」

私の背後でも驚きの声が上がった。

「騎士が目を覚ましました！」

「――奇跡だ」

「聖なる騎士だ」

他の負傷した騎士たちも、ふらふらしながら集まってきた。

そして、完全に立ち上がったエドワードを見ると、まぶしそうに膝をついた。

まるで宗教の典礼のように、みんなが荘厳な気持ちになって、手を合わせて祈り、感謝し、金剛魔石の光を浴びていた。

やがて、新たな動きが起こる。

「国王陛下がおみえになりました」

という声が響き、厳かな一行が大広間に入ってきた。

見れば、国王陛下に続き、聖槍を持った大司教、宰相、そして各大臣が列をなす。

「みなの者、よくこの城を守った。各位、勲等《くんとう》を授けるので、その場にとどまるように」

そして、王はこちらに向かって進み出た。

エドワードも、私たちも礼をして王を迎える。

宰相が王に耳打ちをすると、王はエドワードに言った。

「金剛竜を倒した騎士とは、そなたか？」

「いえ、私は何もしておりません」

彼はへりくだったわけでもなく、ただ、タイミングよく自分の攻撃が当たった瞬間に金剛竜キメラが死んだだけで、それまでの他の騎士たちによる攻撃がなければそうはいかなかった、という意味でそう言ったのだろう。

「誰にやられたかは、金剛魔石がいちばんよく示しておる」

王は視線を上げた。

そこには黒角竜の魔石の時よりもはるかに明るい石が浮かんでいた。

エドワードの心臓に刺さり、自然に抜けて浮き上がった金剛竜キメラの鱗は、今では厚みを増して、球体に近い形になっていた。

赤い衣をまとった大司教が進み出て、聖槍を近づけると、魔石はさらに輝き、震え始めた。

伯爵家の大広間で起こったよりも数倍もの輝き、厳《おごそ》かな響き——。

王は感慨深くそれを見つめ、耳を傾けていた。

負傷した兵たちの中にも奇跡が起きていた。

意識を取り戻した者、力が満ちて立ち上がる者、目をやられた者の目が開き、足の折れた者が歩きだす――。

そして、その一連の奇跡を見届け、王は言った。

魔石の反応が止《や》むと、ゆっくりと下りてきた。

「エドワード騎士、受け止めよ」

宰相が小声で言い、エドワードが慌てて手を差し出した。

あまりにもパワーの強い魔石に触れると危険だと聞いたことがある。

手にした瞬間に焼き尽くされたり、溶けたり、一瞬で蒸発したり――。

「エディ、危ない」と私が言っても、彼は平然としていた。

その手のひらに、ふわりとおさまった魔石は、今はただ宝石のように美しく輝いている。

魔石が持ち主と定めた者だけが、このように扱えるのだ。

これをどうすればいいのか、私は知らなかったけれど、エドワード自身が悟ったように、その魔石を両手で王に差し出した。

「これなる魔石を、われらの太陽なる国王陛下にお返しいたします」

赤い衣の大司教が進み出て、白い毛皮を敷いた宝箱をエドワードに差し出す。

彼は金剛魔石をその上に乗せた。

王はしばらく無言でそれに見入っていたが、やがて声高らかに言った。

「エドワードなる者を、聖騎士と認める」

場内で歓声が上がった。

――とうとうエドワードが聖騎士になった……！

私は彼をその場で抱きしめたかった。

さらに、王は、はっきりとこう言った。

「聖騎士エドワードにテルモン公爵領と爵位を与える」

――ええっ、エドワードが公爵になる……ってこと？

苗字《みょうじ》も持たなかった彼が、エドワード・テルモン公になるんだ。

これで、誰に恥じることもない。自分を誇りに思えるよね？

エドワードは驚いていたが、すぐに「ありがたき幸せ」と答えた。

聖騎士トーナメントの最中に現れた金剛竜キメラは、王宮で飼いならした訓練用のものではなく、なぜ野生の金剛竜キメラが結界を破って侵入したかを調査中であること、また、王女の誕生日祝賀イベントは日を改めて行うことも加えて告知された。

幸い、キメラ襲撃によってひとりの死者も出ず、負傷者もエドワード騎士の得た金剛魔石の光を浴びて快復するという奇跡が起こったことは、その場にいた人々の口伝によって、また招かれていた吟遊詩人たちによって全世界へと語り継がれていくことになる。

とにかく、これで、お父様は絶対に私とエドワードとの結婚を認めてくれると思った。

第六章　エドワードの秘密

宰相ハロルドは、聖騎士トーナメントで起こった事件の事後処理に追われていた。

破壊された鐘塔や、城の一部の修復の予算を組まなくてはならないが、エドワード聖騎士の奇跡的な金剛魔石を大聖堂に祀《まつ》って新たな呼び物にすれば、その経済効果で十分賄えると踏んでいる。前世でいう人寄せパンダだ。

信仰心のかけらもない思考回路である。

——とにかく、王女の誕生日に、ひとりの死者も出なくて幸いだった。

真っ先に竜の炎で焼かれた鐘塔で警鐘を鳴らしていた番人さえも生きていた。

キメラ騒動が落ち着き、ハロルドは呪術古語学会からの手紙を読んでいた。

王女のとんでもない秘密を抱えてしまったわけだが、ようやく向き合う暇ができたのだ。延期になった誕生祝賀会の前に、少しでも謎を解いておきたい。

ここ数日で、ハロルドは王立図書館に籠り、ベルバート王国の古い風習についての文献を血眼になって探した。

そして、呪術古語学会にも王女の烙印ということは伏せて相談した。

エドワード騎士の解読が正しいかどうかも確認すべきだ。伯爵の従者にすぎない男が、あんな難解な言語をすらすらと読むことは、常識として考えにくい。

ところが、学会からの返事には、エドワード聖騎士の訳でほぼ正解ということだった。

ほぼ、というのは、組織液という訳語が曖昧だからという理由でだ。

「ハロルド、執務室にいないと思ったらやはりここにいたのだな。……また難しい顔をしておるのか。どうせしようもないことを悩んでおるのだろう」

そこに先ぶれもなく従者もつけず、王女殿下が現れた。

「王女殿下、ちょうどいいところへ。これから国王陛下にご説明しようと思っていたところですが、呪術古語学会からよい知らせがありました」

「それはどのような？」

「まず、魔力制御の呪術については、かつてベルバート王国の滅亡を宣言した大預言者が、未来に救世主となる二人の人物に念を飛ばして施術した、という可能性です」

その大預言者はベルバート王国出身であり、王族の子弟とも付き合いがあった。

「ほう……？　会ってもいないのにそんなことができるのか」

「はい。会っていないどころか、生まれる前からその御身に封呪を受けられていた可能性がございます。両陛下も、その印は生まれつきあったと仰せでしたね。それは嘘ではございません。王女殿下のお生まれについては間違いないので、少しはお心が楽になりましたか？」

「なんだ、そうか」

「えっ？」

そんな素っ気ない反応は予想していなかった。

「ハロルド、大事なのは自分が何者かではなく、どれほどの力を持っているか、だ」

「ですが、聖騎士がお守り致しますよ。どうか殿下は無理をなさらず」

「嫌だ、私の夫は私が選ぶ。気心の知れた、政務に通じておる男がよい。図書室に籠り切りの生真面目な男だ。私が最高権力を手にすれば、どんな男も自分のものにできるではないか。私が本当に王族の血を継ぐというのであれば、それしか方法はあるまい？」

「で、殿下……！」

思わせぶりな物言いに、こちらの心臓がもたない。

——いや、違う。それは別の男だ。

宮廷にはそんな条件の男はいくらでもいる。

自意識過剰もいいところだ、とハロルドは自分を戒める。

しかし、そんなハロルドの心を弄ぶかのように、王女は窓際の椅子に座ると、鼻歌を歌い始めた。

珍しいことだ。

殿下はどうでもいいようにおっしゃるが、内心はご自分が本物の王女殿下であるとわかって嬉しいのではないか。

窓から射す陽光が、殿下の髪を輝かせている。

穏やかな雰囲気をまとった王女の横顔は、今日も美しい。

そして王女がこんなふうに柔らかい空気に包まれているのが、自分といる時だけだということもハロルドは知っている。

次期国王の重責を、少しでも減らして楽になってほしい。

そんな思いで宰相として務めてきた。

王女殿下には、誰よりも幸せになってほしいと思う。

しかし――。

ハロルドは王女の口ずさむ旋律に耳を傾け、はっと顔を上げる。

「えっ、殿下、その歌は？」

ふだんの男らしい物言いとギャップのある美しい声で王女が歌っているのは、ハロルドが前世で何千回、いや一万回以上聞いた旋律だった。

キメラを倒した後の勝利の歌。

ゲーマーならわかる。頭から離れないゲーム音楽。

それを聞いただけで戦闘場面が浮かんでしまう癖になる節回し。

前世では死ぬほど聞いたが、こちらの世界では存在しない旋律だ。

「殿下、どこでその歌をお聞きになったのですか?」

「これか? 耳障りのよい音曲であろう? ノワイエ嬢が歌っていた。キメラを撃った後に、これが頭の中を過《よぎ》るのだそうだ」

「ノワイエ嬢が歌って……いた?」

「自白剤のせいか、あの娘、喋りが止まらなくなってな。王家に敵意を持つもの、暗殺者かどうかを確かめるために飲ませたのだが、そんな疑いは全くばかげていた。ちなみに、誰の目にも明白だろうが、エドワード聖騎士とあの娘は心から結ばれておるのだから、私とくっつけようとするな。とにかくあの令嬢は、最後には歌まで歌い出して実に楽しかった。特に、この調べはなぜか、耳について離れぬのだ」

ここは【薔薇の箱庭】の世界なのに、そのアプリで使われていたBGMは存在しない。あの歌を知っているということは、自分と同じ世界から転生してきたということだ。

「か、彼女は他に何を言っていましたか?」

窓辺でくつろいでいた王女がふと姿勢を正して、怪訝な顔でこちらを見た。

「なにゆえ、そう気にする? まさかそなたあの娘に懸想《けそう》しておるのか」

「違います! 殿下の魔力についての秘密を解くカギかもしれないのです」

「ほう……それなら答えよう。あの令嬢は、前世は『げーまーだった』と言っていた。遊戯をする者という意味らしいが、おそらく芸人か賭博者か? 大真面目に言うから笑ったな。面白い女子なので、自白剤など飲ませて申し訳なかったと詫びて友になってくれと頼んだら快諾してくれたぞ」

ハロルドは混乱と興奮に過呼吸になりそうだった。

——どういうことだ。これはどういうことだ？

「まあ、烙印持ちの聖騎士とノワイエ令嬢の間に入る隙などないということだ」

王女はそうつぶやいて、しばらく何かを物思いにふけっていたが、突然立ち上がった。

「ハル、ついて参れ」

「え、どこにですか？」

「練習場だ。私が本当の世継ぎなら、そのように力をつけねばならないだろう。エドワード聖騎士も同じような烙印があって、それを克服できたということなら、私にもできなければおかしい。私はまだまだ努力が足りなかったというだけなのだ。ああ、そうだ。ノワイエ嬢とエドワード騎士にも立ち会ってもらおう」

「しかし……殿下」

「つべこべ言わずに、参れ」

こうしてハロルドは王女に引きずられるようにして、王宮の裏庭へと連行された。

＊　＊　＊

「わあ……ここが王立練習場ですか、広いですね……」

私、アビゲイルは広大な建物の中で感嘆のため息を吐いた。

王宮には、仮想キメラを生み出すことができるキメラ射撃練習場があるとは聞いていた。

魔術攻撃にだけ反応し、こちらに攻撃してはこないキメラの映像を相手に、魔術攻撃の狙いの正確さや強さを鍛えることができるらしい。家畜キメラといい仮想キメラといい、国家予算でやることは規模が違う。

「ここからキメラを呼ぶんですか？」

私は王女殿下の生誕祝賀会が延期になって退屈していたこともあり、呼ばれたのが嬉しかったが、エドワードは淡々と私の護衛役に徹している。

そこは前世の記憶でいうとドーム球場のようなしつらえになっていて、壁に沿って観覧席《かんらんせき》もあり、バッターボックスの配置される辺りに制御機器が置かれている。

「はい、ここで操作すると飛行タイプキメラ、地上タイプキメラ、大きさ、速さ、出現頻度など自在に選べます。何分ごとに出現させるかを事前にプログラムすることもできます」

と宰相が説明しながら、ちらちらと私を見てくる。

——何？　まだ私たちを警戒しているのかしら？

しかも、何かしら私に言いたいことがあるような表情なのだ。

「お嬢様、危ないので後ろのほうに控えてください」と言って、エドワードが宰相と私の間に立ちはだかった。

「危なくはない。仮想キメラなので」と宰相が言い、一方、練習場の中央にいた王女殿下がこちらのほうに歩いてきた。

「呼び出したりしてすまなかったな、ノワイエ嬢」

王女は訓練用の戦闘服――白い乗馬スーツに革のブーツ、腰の革ベルトには、訓練で使うことはないが長剣と短剣を装備している――をまとい、髪を無造作なポニーテールに結っていた。

すでに訓練が始まっていたのか意外と華奢な細い首筋には、もう汗がにじんでいる。

「いえ、貴重な施設を見せていただいて、ありがとうございます。何か、お手伝いすることはございますか?」

「いや、観覧席で見ているだけでよい。そなたらに危険は及ばぬから、楽にしていてくれ。仲良く並んで座るがよいぞ」

示された席に並んで座ったが、エドワードは少し不機嫌だった。

「危害を及ぼさないキメラ、しかも幻の? そんなもので訓練になるのでしょうか」

彼はフェルケスカス山で苦しい思いをしたから、王女の訓練法が物足りなく思えるのだろう。

「しぃっ、エディ。こういうデートもいいじゃない」

「二人きりがいいです、俺は」

そんなふうにぶつくさ言いながらも、王女殿下の射撃訓練が始まると、エドワードは少しずつ身を乗り出していくのだった。

王女の魔術攻撃は、狙いは正確だが魔力量が足りないので、当たってもなかなかヒットとしてカウントされない。初期のエドワードの攻撃と似ている気がする。

小型キメラをいくつか撃ったあと、王女は言った。

「エドワード聖騎士も死ぬ気で訓練したのであろう？　私も負けてはおれぬ。……ハル、青竜《せいりゅう》を出せ」

「無謀です、殿下。まずは小型キメラから」

「もういい、自分でやる」

王女は制御機器の前に立ち、いくつかのパネルにタッチした。

「そなたは離れて見ておれ。絶対に手を出すな」

王女の迫力に圧倒されたように、宰相は後ずさりして距離を取った。

カウントダウンが始まり、中型キメラのシルエットが天井に浮かんだ。

無害とわかっているのに、見ている私まで、心臓がぎゅっと潰されるような恐怖を覚える。

聖騎士トーナメントのトラウマもあって、思わず構えてしまう。

「よし」

王女が天井めがけて魔術攻撃の構えを見せる。

「のどの鱗です。色が違う鱗が一枚あるからそれを狙ってください」

ハロルドがそう助言したのを聞いて、「あれ？」と私は思った。

それは前世のゲーム内で『レジェンド』が発見して広めた裏技だった。

「エディが教えたの？」

「いいえ、俺は何も」

「ふうん、あの宰相閣下、なかなかのキメラ撃ちかもしれないわね」

私が宰相を褒めたら、エドワードはますます渋い顔になった。

「俺以外の男を見ないでください、アビー」

「まあ、あなただって王女殿下を食い入るように見ていたわ」

「それは……別の事情からです」

「え、何それ。気になる」

私たちが痴話《ちわ》げんかのような小争いをしているうちに、キメラ出現のカウントダウンがゼロになり、青竜が羽ばたき始めた。仮想だがキメラが飛来すると風圧も再現されて、こちらまで髪やドレスが激しく揺れる。

「アビー、大丈夫ですよ。俺がいます」

そしてエドワードが私の肩を抱きよせてくれた。

キメラが王女の上空数メートルのところまで下りてきた。

「はぁっ」

王女の指先から青白い光がまっすぐにキメラの弱点に向かった。

しかし、鱗に届く前に光が弱くなり、キメラは平然と王女の頭上を通り抜けた。

弄ぶように、キメラは天井を滑空《かっくう》する。

何度も回転し、そのたびに風圧を受ける。

「くそ……っ」

王女は唸るように言い、再び構える。

彼女は口には出さないが、攻撃魔術を使うたびに肩がはずむので、呼吸が乱れているのだとわかる。

「王女殿下、お苦しそう」

私がそう呟くと、エドワードも言った。

「同じだ……おそらく俺と同じ痛みを感じておられる」

キメラが再び接近してきた。

王女が腕を伸ばして照準を定める。

「えいあああ」

さっきより大きな声で気炎を吐いて、攻撃するが、まだ届かない。

「もう一度」

「殿下、もうおやめください」

宰相がそう言ったが、王女は聞かなかった。

王女の背中は苦悶に歪んでいるが、それでも、また姿勢を正してキメラに立ち向かう。

「つまり、王女殿下も魔力を制御されておられる……？」

エドワードがそう言った時、キメラはまだ一度も命中されることなく五度目の接近をしようとしていた。

王女の頭すれすれに滑空したので、実際には触れてもいないのだがその風圧に耐えかねて、王女が倒れそうになった。

「殿下！　危ない」

宰相が両手を差し出して彼女の肩を抱きとめ、体勢を崩しながらもキメラを撃った。

鮮やかな一撃だ。レジェンド並の腕だ。

「余計なことをするな！」と王女の声。

離れて見ている私たちですら、殿下が心配になってきた。

「ねえ、エディ……本当なの？　王女殿下はかつてのあなたと同じように魔力を封じられているというの？」

「俺にはそう見えます」

エドワードの確固とした答えに、私は思わず立ち上がっていた。

そして、王女殿下の傍まで駆けていく。

「王女殿下、お苦しそうです。休憩なさってください」

私がそう言うと、王女殿下は真っ青な顔で、息を切らしながら私の背後にいたエドワードを見ていた。

「――そなたにはわかるのであろうな。この痛みが」

　王女殿下がそう言うと、エドワードは跪いて答えた。

「はい。もし私と同じ呪術を受けておられるとすれば、並の痛みではありません。女人にはさらに酷かと――」

「なら、教えてくれ。どうすればこれは治るのだ」

　エドワードは答えなかった。

　私と結ばれたことが何か関係があるのだろうと思っていても、解呪のシステムの点では説明できないのだ。

　宰相はひどく憔悴《しょうすい》した顔だ。王女の痛みを自分のもののようにこらえて唇を噛みしめていたのだろう、唇に血を滲ませて、彼は言った。

「どうして、そこまでご自分を痛めつけられるのですか」

「なぜか？　金剛竜キメラが現れた時、いち早く保護され安全な場所に逃げさせられた私の屈辱がわかるか？　私も最初、エドワード騎士と同じように、奴隷の烙印を持つ自分は王女の偽物かあるいは身代わりだと思っていたから、それに甘んじた。だが、私が本当の王女だと証明されたからには、もう逃げ道も言い訳もないだろうが。それならば、やるしかないのだ。私が力をつけなければ、この世界は終わる」

「殿下、おやめください。この世などかりそめのものです。殿下のお苦しみに値しません。ただ、消えるだけのことです」

「この世が消えたら、何もなくなる。そなたもいなくなるではないか」

そこへキメラが再接近してきた。

王女が撃ち、その反動で背に激痛が走るのか、地に崩れてもんどりうつ。

「殿下！　殿下！」

仮想とわかっていても恐ろし気なキメラがまたやってくる。

ハロルドが撃つ。さっきのはまぐれ当たりでもなんでもなかった。

彼は一万回も撃ってきたかのように、なんのためらいもなく正確に撃つのだ。

彼が聖騎士であってもおかしくはないほどに。

宰相は王女の叱責を覚悟したかのように両ひざを地につけて言った。

「聖騎士と結婚なさいませ！　そうすれば苦しまずともいいのです。傍にいろとおっしゃるなら私は殿下のお傍におります。どんな形でも」

王女は苦しそうに顔を歪めながらも立ち上がり、キメラの消滅した天井を見た。

自分が何度的確に撃ったところでダメージを与えられなかったものを、ハロルドが二度までも瞬殺したのを理解したらしい。

魔術攻撃の反動の痛みよりも、もっと苦し気な表情になり、彼女は怒鳴った。

「やかましい！」

次の瞬間、彼女は宰相の胸倉を掴んでいた。

王女は拳を握りしめて振り上げる。

私が驚いて目を瞠っていると、王女殿下は一度上げた手をゆっくりと下ろした。

宰相の涙でぐしょぐしょになった顔を見ると、彼女は言う。

「……なんという情けない顔をしているのだ」

次の瞬間、私はキャーッと心の中で声を上げていた。

今にも宰相を殴ろうとしていた王女殿下が、突然彼にキスをしたのだ。

数秒後、宰相はどさりと地面に打ち捨てられて尻餅をついていた。

「涙やら血やら、ひどい味だな」

王女はぺろりと舌なめずりをすると、

「そなたが逃げるのは勝手だが、私にまでつきあわせるな」

その時、消滅したと思ったのに、すぐにキメラが復活するという、思いがけないことが起こった。

「連続で繰り出すように設定したのだ。今度は邪魔するな」

王女は構えた。そんな遠くまで届くはずもないのに。

しかし――。

「やっ」

キレのいい掛け声と同時に、轟音といってもいい強烈な炸裂音《さくれつおん》が響いた。

とてつもない速さで、残像しか見えないほどの速さで王女の魔術攻撃は遠くを滑空しているキメラを捉えたのだ。キメラは跡形もない。

王女は振り向いた。

「そなた、また私の邪魔をしたのか？　いい加減にしろ！」

王女の怒りを含んだ声に、宰相はただ首を振った。

「いいえ、今は何もしておりません。誓って何も」

王女はあっけにとられた顔をして言った。

「おかしい。……今、確かに撃ったのに、痛みが来ない」

「え……本当ですか？　どういうことですか」

「わからぬ。強いて言うなら、おまえの血と涙の唇を吸った後に撃った」

「えっ、やっぱり？」

私がうっかりそう叫んだ時、エドワードは気まずい顔で俯いていた。

「ノワイエ嬢、そなた、やっぱりと申したか？　やはり口を吸えばいいのか、誰のものでもよいのか、それは？」

王女に両肩をがしっと掴まれて、私は狼狽える。

「え……と……、エディも最初はそうだったみたいで……でも、誰でもいいかどうかはわかりません」

「誰でもいいはずありません。他の女など俺がお断りです」

エドワードが憤慨した声で言い、それから宰相に向きなおった。

「宰相閣下で効果があったのならそれでよいのではありませんか?」

何やらエドワードはさっきから宰相に敵対心を持ったような態度をとっていて、こちらがはらはらする。

「解呪の鍵ということですか。エドワードの鍵は私で、王女殿下の鍵は宰相閣下? でも、閣下と私の共通点って……あるんでしょうか?」

私がそう言うと、宰相ははっとしたように顔を上げた。

――え? あるの?

私が宰相に目で問うと、彼はさっと目を逸らした。怪しい。

挙動不審な宰相を見た王女殿下がまた彼に詰め寄る。

「……あるのか? ハル、おまえがそうなのか?」

宰相の顔は今度は赤らんでいた。意外と表情が変わる人だ。

結局、彼はまだ確定ではないと言って、解呪の条件について明言しなかったが、その後、王女は青竜級のキメラを何匹も鮮やかに撃ち、息ひとつ切らさなかった。

私たちがこれを見届けて退出する時、珍しくエドワードのほうから宰相に近づき、何か耳打ちをした。宰相はひどく動転した顔をしていたが、「何を言ったの?」と聞いてもエドワードは教えてくれなかった。

＊　＊　＊

キメラ騒動から五日経ち、城内の庭園や破損した鐘塔、バルコニーもほぼ元通りになっていた。

エリート魔術職人たちの手によって驚くほどのスピードで修復されていたのだ。

私はエドワードと一緒にその修復作業を見ながら、庭園を散歩していた。

聖騎士の叙任証明書と公爵領の目録や勲章や、懸帯《かけおび》や剣、さまざまの褒賞《ほうしょう》を与えられたエドワードは、近衛兵のまとうような白い装束と金糸の装飾をつけている。

肩にも金の組紐飾りをつけ、金の鎖をボタンから肩章《けんしょう》にかけて揺らしている。

そして、聖騎士のみに許された緋色のマント。

黒い髪はどこまでもストイックな雰囲気を醸し出し、すらりと長い脚で石畳を闊歩《かっぽ》する姿ときたら、まるで王子様のよう。

職人たちが皆、エドワードを見ると敬礼をする。

「エドワードさんは今ではすっかり伝説の聖騎士の異名で通ってますよ」

と、二人の後ろからついてきているミアが言った。

「あっ、エドワードさん、じゃなくて、公爵閣下とお呼びしなくちゃ。……お衣装もご立派になられましたし」

「俺は何も変わってはいないよ。今までどおりにしてくれ、やりにくいから」

とエドワードは否定するけど。

それに比べて、私はエドワードが贈ってくれたドレスは着られない――なぜなら聖騎士トーナメントに続いて行われる王女殿下誕生記念祝賀会のためにそれを着ていて、ケガをしたエドワードにすがりついていたため白いドレスが血塗れになってしまったのだ。

別のドレスも二着は持ってきたが、祝賀会が延びたため、日々の着替えに事欠く始末である。

そういうわけで、今は控えめなドレスを着ているため、どうにも見劣りがしてしまう。

私が自分のドレスを見て、ふと小さなため息をついたのを見とがめて、ミアが言った。

「大丈夫ですよ、お嬢様。エドワードさんからのドレスはだめになっちゃいましたけど、まだ素敵なドレスはありますから。舞踏会にはオレンジ色のドレスで出席なされればよろしいですよ」

「え……ドレスがどうかしたのですか？　アビー」

「なんでもないわ。祝賀会が延期になって、着替えが当初予定したよりたくさん必要になったけど、それは誰でもみな同じよ」

職人たちの前を通り過ぎると、同じように庭園を散歩している淑女たちもこちらをちらちらと見て、何かささやいている。みな気合の入った美しいドレスを着て、エドワードを見ては頬を染めている。

女性だけで近づいてくることはないが、高貴な貴族らしい男性が若い娘を連れて挨拶にくることもあった。

彼が自分の地位と姓を名乗り、「聖騎士トーナメントのご活躍をお聞きしております」と言うと娘のほうは恥ずかしそうに「お体は大丈夫ですか？」と尋ねる。

「ええ、すっかり」とエドワードが返事をすると、彼女は耳まで真っ赤になってしまった。

ついでに私をちらっと見た視線は冷たい気がする。

——これは、羨望《せんぼう》とか妬みとかいうやつでは？

「あの女性とはどういうご関係かしら」

「親戚か何かだろう。宰相に伺ってみよう」

挨拶をすませて去る父子の会話がちらりと漏れ聞こえた。

英雄となったエドワードは、王都でも注目を浴びているのだ。

「すごい人気ね。あなた、宰相ともすごく仲良くなったみたいだし」

「は？　いつそんな誤解を？　俺は今でもあの男は好きになれません。最初にお嬢様に刃《やいば》を向けた不届きものですよ」

「ええ？　だって王女殿下の訓練見学の時、最後に内緒話してたでしょ」

するとエドワードは一瞬、天を見るように視線を泳がせた。

「……男同士の不埒な話をしていただけですよ」

「ええっ、何それ？　やっぱり仲いいんじゃないの」

「それは断じてありません」

そうかなあ、と疑問に思っていると、エドワードが急に私の頬を両手で挟んで自分に向きなおらせた。

「ふぁ、何、エディ？　人が見ているわ。やめて」

「俺がここにいるのに、他の男の話ばかりしないでください」

「ええ……？　私は謎が解けないからもやもやしてるだけよ」

「それでもだめです。俺のことだけを考えてください、アビー。もっと大事なことがあるじゃないですか」

「大事なこと？」

「アビー、今日、お館様に申し込みに行きますからね」

「ええ、お父様だってもう文句のつけようがないわ。聖騎士になっただけでなく、公爵の称号と領地と、そしてお城まで持つようになったのだから」

「でも、あなたの答えは？　まだ聞いていない」

「愛の告白ならしたわ。みんなが見ている前で、思いっきり」

ポーションを飲ませようと口移しまでしてしまった。

冷静になって思い返すと恥ずかしい。さっきの淑女たちもその話を聞いているかもしれない。

だから私に冷たい視線を――？

「それは……俺が意識を取り戻す前ですよね。なぜ俺はその時に気を失ってたんだ！　お願いです、もう一度、言ってくれませんか？」

「も、もう黙って！　そのことは言わないで。ミア、部屋に戻るわよ」

いろいろと鈍感なエドワードを放置して、私は両親の待つ客室に戻った。

今まで本当に身を構わなかったことをちょっと後悔した。


「アビー。明日のドレスはこれでいいわね。まだ袖を通したことのないドレスだから」

お母様がクローゼットにかけて皺を伸ばしているのは、ミアが言ったようにオレンジ色のドレス。

去年新調したけれど、いつものことながら私が舞踏会に行くのを嫌がったため、着る機会のなかったものだ。

「こんな事件が起こるなら、もう一台馬車を増やしてドレスをたくさん持ってくればよかったわね」

と、お母様が残念そうに言う。

――不慮の事故なので仕方ないけど、エディのくれたドレスで踊りたかったな……。

そう思いながら、バルコニーに出て王庭を見ると、人だかりがしていた。

その中心には、エドワードと王女殿下、そして宰相がいて何か談笑している様子だ。

輝かしい王女殿下と、立派になったエドワード。

彼らを取り巻く王侯貴族の人々。

本来なら、あの二人の結婚を夢見ていた私だったのに。

今は、なぜか胸が痛い。

――エディが、どんどん遠くなっちゃう。

彼が何の爵位も持たなかった時、私と距離を置こうとしていた気持ちが今はわかる。

卑屈に思えたり、惨めになったりして、最初から諦めようとしてしまう。

でも、彼はもうすぐ求婚してくれるのだ。

「今夜、エディがお父様たちに会いに来るの。その理由はわかるわよね？」

と、私が予告すると両親とも納得した様子だった。

お父様も今度こそ心づもりができたようで、エドワードが来るのをそわそわと待っていた。

でも、予定の時刻を過ぎてもエドワードは現れなかった。

こんな大事な時に遅刻なんて――。

一時間、二時間、三時間経ってもまだ来ない。

お父様は待ち疲れて、最後は不機嫌になっていた。

「公爵になって、やつは変わってしまったのかもしれぬな」

「あなた、そんなことは絶対にありません。アビーを助けるために命をかけたエドワードですよ。でも聖騎士になって、宮廷に呼ばれることも増えるのは当然でしょう」

「アビゲイル、とにかく、今日はもう寝なさい。やつが尋ねてきても追い返す」

「お父様……」

ここまで申し込みをさんざん引き延ばしてきたのはお父様なのに、数時間遅かったからといって追い返すことないのに。

そして湯浴みも終えてベッドに入ろうとした時、ようやくエドワードは私の部屋を訪ねてきた。

「エディ……！」

「すっかり遅くなって……」

「どうしたの？　お父様たちはもうお休みになったわ」

「はい。お館様は、ひどくお怒りのご様子で、話すことはないとおっしゃいました」

「結婚の話はまた別の日にしましょう。――でも何があったの？」

私がそう言うと、ただでさえ意気消沈していたエドワードはさらに申し訳なさそうに言った。

「すみません、実は、国王陛下に呼ばれていました」

「え……、陛下に？」

「はい、明日の王女殿下のご生誕祝賀会で、聖騎士になった者が王女殿下とダンスをするようにと仰せでした。俺は本当はアビーと一番に踊りたい」

「ばっ……、何を言ってるの？　国王陛下の直々のご命令なのだから、当然の義務よ。もうびっくりした……。毎年新しい聖騎士がその役割を務めるのでしょう、聖騎士トーナメントの後に続く祝宴なのですもの。絶対にやらなくちゃだめ」

それは、もはや自分自身に言い聞かせているようなものだった。

何かしらの胸騒ぎを、懸命に静めようとしていたのだ。

「でも、アビー」

「ダンスは苦手ではないでしょう？　エディは魔術攻撃が苦手だった時も、それ以外は全て秀逸だったじゃない。自信を持って」

「そういうことじゃない、アビー。俺はあなたといちばんに踊りたい」

「もう、わがまま言わないで。国家の儀式に参列すると思って立派に務めなさい。私はちゃんと一番目をとっておくから。壁にぴったり張り付いてるから」

「他の男たちがアビーを放っておくはずない。こんな可愛くて、美人で、愛しいアビーを。他の奴にとられそうで怖い」

その表情があまりにも真剣なので、私は思わず笑ってしまった。

「そんなはずないでしょう。……さあ、明日は王女殿下に失礼のないように身だしなみを整えて。お風呂ポーションをあげましょうか」

「今夜はアビーと過ごしたい。だめですか？」

「ええ？」

「今、ここを離れたら、アビーの心も離れてしまいそうだから」

そんな仔犬みたいな目で見るのはずるい。

私の心がエドワードから離れるはずないのに。

逆に彼が遠ざかってしまうことのほうが心配なのに。

だから、彼の気持ちを押しのけることはできなかった。

「ちゃんと洗うのよ。香油は……そうね、男らしいムスクでいいわね」

「はい、なんでもアビーのいうとおりにします。一緒にいられるなら」

私は、いつでもどこでもお風呂にはいれるポーションを使って、エドワードを磨き、明日の式典に備えることにした。

「さあ、シャボンも使って丁寧に洗いなさい」

子どもを扱うように言っているが、浴槽に裸身を晒《さら》しているエドワードはもう立派な大人だし、少年期を過ぎてずいぶんたくましくもなった。

「すごい筋肉ね……頑張ってきた証拠ね」

思わず、その上腕や肩甲骨をなぞってしまう。

「俺を洗ってくれるなら、アビーも脱いで」

「なっ、何を言ってるの。赤ちゃんじゃないでしょ」

私が慌てて立ち退こうとすると、彼が腕を引く。

「あっ」

「赤ちゃんじゃないですよ。ほら、アビーに触れられてこんなになってしまった」

彼に導かれて湯の中に手を引き込まれ、硬く勃《た》ったそれに触れてしまった。

「もう……っ、エディ」

「お願いです、アビー。そばに来て」

今日のエドワードはおかしい。

私との結婚をお父様に申し込むはずが、遅刻してしまったから？

「ええ？　どうしたの？　お父様はきっとちゃんと話を聞いてくださるわよ。陛下から呼ばれたことが遅刻した理由なら、むしろ誇りに思うわ。だからお父様のことは心配しないで、明日のことに集中しなさい」

そうしていくら慰めても、彼は暗いオーラをまとっているのだ。

「エディ……？」

私は夜着を脱いで浴槽に足を入れる。

エドワードはまぶしそうに一瞬私を見上げて、腕を伸ばした。

彼の手につかまり、膝を落としていく。

エドワードの足の間にちんまりと正座して彼と向き合う。

黒髪から水滴が落ち、彼の胸に落ちて弾《はじ》ける。

エドワードは私の背に腕を回し、引き寄せた。

そして口づける。

昼間の貴族令嬢の冷たい視線や、エディが遠のいたように感じたことなど、不安なことはあるけれど、こうしていると大丈夫だと思える。

彼もそうなのかもしれない。

二人きりで、肌を合わせている間は、何も考えずに愛し合える。

「アビー、素敵です」

熱く激しい口づけを繰り返しながら、エドワードは私の身体をゆっくりと抱き上げて自分の足の上に座らせた。

そして彼は私の胸に唇を押し当てる。

「アビーにも印をつけたいです」

私の返事も聞かず、彼は私の肌を吸い始めた。

乳房に触れた彼の唇の間で、その舌が私の肌をねろりと動く。

「……あ」

思わず声が出た。

もっと下に、淡く色づいたグミの果実を食んでほしいと思ってしまう。

乳房のふくらみが彼に吸われてちくりとした。

「あ、……いたい」

「すみません。でも、お嬢様に俺の印がつきました」

エドワードの膝に乗っているため、彼を見下ろす形になる。

私を見上げて得意げに微笑む彼。

ふだんなかなかないアングルにドキドキする。

それに、まるで悪戯《いたずら》っ子みたいに喜ぶエドワードがかわいい。

「もっと」と言って、彼は私の肌をまたむさぼる。

彼は、うずうずしている私の胸の頂きを口に含んで弄び始めた。

「あ……っ」

私の身体がびくりと反応する。

彼の舌は的確に私の触れてほしいところを捉えて、目が眩《くら》むような快感を与えてくれる。

チュ、チュと音を立てて、乳房に吸いつき、舌先で敏感な場所をくすぐる。

「ん、あ、あ……ぅ」

私は思わず顔をのけ反らせ、彼の足の上で身をよじる。

「気持ちいいですか、アビー」

「あっ、……ああん」

まともな返事にならないけれど、私はもう夢中になっていた。

彼はまた乳首を吸い、そうしながら私の肩や背中を手で探るようにして全身を愛でる。

巧みに胸を弄《いじ》られて、私の腰はどうしても揺れてしまう。

身体の奥からぬるりとした滴りが溢れているのがわかる。

彼の膝に柔肉を押しつけて悶えているうちに、彼のほうも昂ってきた。

私の下腹に硬いものが当たっている。

「エディ……はちきれそう」

私がそう言うと、彼はようやく胸から口を離した。

「腰を浮かせて……アビー」

「こ、こう……？」

私は彼の肩につかまり、彼の望む姿勢を取った。

既に私の足の間で、彼の肉棒が硬く立ち上がって私を求めている。

「そう、です」

彼はかすれた声で言い、私の腰を引き寄せた。

湯から立ち上がるムスクの香りが艶《なま》めかしい。

彼は一人前の男なんだとあらためて思い知らされる。

その指に秘裂を開かれ、熱い尖りを押し込まれる。

「……ん……っ」

「体重をかけて、アビー」

そう言われるまでもなく、触れているその場所がぞくぞくして足が萎えてしまい、自重を支えきれなくなっていた。

「ああっ」

彼が挿入ってくる。

肉襞を押し開き、身体を貫いてくる。

「んっ、あ。あ……」

「もっと、アビー。もっと深く」

エドワードがそう言いながら、突き上げてきた。

「あ……、あ、……エディ……っ」

こんな格好で繋がるのは初めてで、エドワードの熱いまなざしを見下ろしているのも、たまらない感覚だ。

彼が私のおなかの奥をえぐり、私の胎内がぎゅっと締まる。

「……っ」

エドワードの艶めいた、声にならないほどの呻き声がたまらない。

彼の腕が私の背中を力強く引き寄せる。

湯がしぶきを上げ、私は彼の剛直を飲み込んだまま、その首にしがみつく。

「あ……っ、深い……」

「もっと動いて、アビー」

彼はそう言うけれど、どうしらたいいのかわからない。

「ん……無理……」

「じゃあ、少し足を開いて」

私は腰を引いて離れようとしたが、彼の手に阻まれる。

彼は片方の手を私の尻の少し上に手を添え、もう一方で肩を支えながら、身体の位置を逆転させたのだ。

「あぅ……っ」

私は浴槽に背をゆだねて仰向けになり、半ば強引に開かされた足の間に彼が滑り込んできた。

「んんっ」

苦しいほど、エドワードでいっぱいになる。

「アビーの中……素敵です」

「エディ……、あ、あ……っ」

完全に自由を奪われて、エドワードのするがままに任せるしかなくなった。

「アビーを誰にも渡しません」

「う、うん……エディ」

「かわいいアビー」

耳元で甘い言葉を吐きながら、彼は何度も抽挿してきた。

繋がったまま口づけをする。

互いの舌を求めあい、重ね、絡めて、唾液があふれそうになる。

湯音に混じって私たちの肌と肌がぶつかる音が耳に飛び込んでくる。

「……っあ」

ぞくぞくとした快感が背中を這い上がってきて、私は思わず唇を離して喘ぐ。

「ああ、どんなに抱いても足りないくらい愛しいです、アビー」

彼の吐息も少しずつ早く、荒くなっていく。

「私も——あぁっ」

彼が挿入ってくる時、頭の中に稲妻が走るような衝撃を感じる。

そして半ば身を引いてじらす仕草をされると、高いところから落ちていくような心もとない気持ちになって、彼にしがみついてしまう。

「……っ、アビー、そんな、……かわいいことをしないで」

「あ、だって……エディ……っ。沈んでしまいそうなの」

「ああ、激しすぎましたか？　少しだけ辛抱してください」

彼はそう言って、突き上げるのを止めると、そろそろと後退し、私の身体の浅いところで止まった。

そのままぐるりとえぐるようにされた時、私の身体に思わぬ変化が現れた。

自分でも知らなかったある一点に触れられた時、全身がびくびくと震えてしまったのだ。

「——あぁああ」

キメラが弱点の鱗を撃たれた時みたいに、私は消えてしまうのではないかと思った。

痛みのような、熱感のような、体液をぐちゃぐちゃにかき回されるような感覚に悲鳴を上げるしかなかった。そしてその大きな波に押し流されるようにして、私の身体は硬直し、少しの間息もできずにいた。

「アビー？」

「……はっ、……あ」

ようやく酸素を取り込めたけれど、身体の震えは止まらず、がくがくと身体が揺れてしまう。

「アビー、達《い》った？」

ああ、私ってばひとりで――。

「ごめんなさい……エディ」

「謝らないでください。何度でも達かせてあげますから」

「私……まるで弱点を知られたキメラね」

そんなふうに例えると、エドワードが噴き出した。

「確かに、俺の心臓を撃ちましたからね、あなたも」

「いやっ、そんな恐ろしいこと言わないで」

しかも、この身体にまだ彼が挿入ったままなのに。

自分から言いだしたとはいえ、悪趣味だった。

そんな私をなだめるように軽くハグして、彼が囁く。

「ではこの愛らしいキメラをそろそろなんとかしなくてはいけませんね」

彼はそう言って、抽挿を始めた。バスタブで湯が跳ねるのもかまわず、激しく突き上げる。

「あっ、あ、あ……ん」

背筋に走る心地よい感覚に、私は震える。

彼の手に導かれて足をさらに開き、膝を曲げられて――。

骨盤がぎしぎし言うくらい圧迫されて、私は喘ぐ。

「俺も、もう達きそうです」

「来て、エディ」

その瞬間、私の中で彼の劣情が脈動とともに吐き出された。

私の胎内に、彼の一部が流れ込んでくるこの感覚に私は酔いしれる。

とくんとくん、と長い間彼は私の中に放出し続けた。

そして、切なく吐息をしたと思うと、彼はぽつりと言う。

「……宰相に何を耳打ちしたか、教えましょうか」

あれほど他の男の話をするなと言ったエドワードが何を言うのかと思った。

「王女殿下に対して、このようにすれば、魔力が完全に開放されると――」

――えええ？

あの時、エドワードは男同士の不埒な話をしたと言っていた。

「そ、それは……確かに不埒ね」

いったいどんな表現で伝えたのやら。

「でも俺はそんなことは関係なく、ただアビーが好きだから抱くんです」

「エディ……！」

全く、この人はいつの間にか最高の殺し文句まで覚えて。

その夜、湯浴みを終えた後も、ベッドの中で何度もエドワードに翻弄され、最後は二人一緒に果てた。

第七章　お嬢様をください

祝賀会当日

それは夕刻から行われ、深夜まで続く盛大な祝宴である。

エドワードは正装して参列する前に、ノワイエ伯爵に昨夜の失礼を詫びた。

「この宴が終わったら、今度こそ正式にお伺いします。どうか私の非礼をお許しください」

伯爵はまだ不機嫌な顔をしていたが、夫人のほうは理解を示してくれた。

「今日のことで何か呼ばれていたのでしょう？　聖騎士になったからには、立派に務めを果たしていらっしゃい。私たちはあなたを誇りに思っていますよ」

夫人は愛娘の意思を尊重しているから、小姓上がりのエドワードが相手でも認めてくれているのだろう。

アビゲイルお嬢様と甘い一夜を過ごしたばかりなのに、朝になって身支度のために騎士の部屋に戻ると、傍に彼女がいないことが寂しく、恋しくてたまらない。

今は、伯爵夫妻と一緒にいるお嬢様は、少し緊張した顔つきだ。

社交慣れしていない初々しさが、その可憐さをいっそう際立たせている。

こんな美しいお嬢様の傍を一秒でも離れているのは不安だ。

エドワードは彼女に言った。

「アビー、きれいです」

エドワードが心からそう言っても、彼女は本気にしていない。

「エディもよ。聖騎士の赤いマントが本当に似合うわ。なんだか遠い人になったみたい」

彼女はどうしてそんなことを言うのだろう、とエドワードは悲しくなった。

こんなに思い続けているのに。

遠い人だと思っていたのはこちらのほうなのに。

誇れる地位もなく、魔術も十分に使えない。

奴隷だったかもしれない自分が、どれほど情けなく悔しかったか。

――やっと、聖騎士になれたのに。

「ほら、みんながあなたを見ているわ」

彼女はそう言うが、彼女もまた男たちから見られていることに気づいていない。

自分の容姿がどれほど人目を惹くか全くわかっていないのだ。

エドワードが贈った白いドレスではないのが残念だけれど、何を着ていたってお嬢様の可憐さは変わらない。

「いつまでもここにいてはだめよ、王女殿下の近くで待機していないと」

そんなふうにさばさばとして自分を王女の元へと送り出すクールさも寂しい。

彼女は嫉妬するということもないのだろう。

なにしろ一週間の眠りから目覚めたかと思うと、宮廷に行って王女に目をかけてもらう機会を窺うのだと、本気で計画していたようだから。

エドワードは念には念を入れて言った。

「本当のファーストダンスは、その次の、アビーとのダンスですから。絶対に忘れないでください。俺は仕方なく、公務として踊るだけですから」

「しぃっ、なんてことを言うの！　不敬よ。エディ」

そして彼女は壁のほうへと行ってしまった。

昨夜国王から召喚されたのは、新しく叙任された聖騎士が王女殿下とダンスをするしきたりになっているから、その通達だった。

しかし、それだけではない。

国王陛下は彼を晩餐に招いていたのだ。

公務を甘く見ていた。

まず、国王夫妻が揃ってエドワードの健康について尋ね、キメラ退治の活躍を称えた。

それから、最近の首都の流行りがどうとか、サロンで話題になっている芸術家の話など、エドワードにはどうでもいい話題でどんどん時間が過ぎていく。

その中で、王宮界隈では宰相ハロルドを国婿にしてはどうかという動きがあるとか、王女の縁談がなかなか決まらないとか。

どうやら両陛下は、宰相とエドワードが親しいと誤解していて、宰相の胸の内を探ろうとしているように見えた。

——なんだあの二人は。宮廷でも実質公認の仲なのではないか。

王女殿下は宰相を信頼しているのだから、問題は宰相にあるのだろう。

自分もそうだったから、わからないでもないが。

——宰相が煮え切らないせいで、こちらにまでとばっちりがきた。

結局、お嬢様をくださいと伯爵に申し込みに行く予定さえ反故にせざるを得なくなった。


王女殿下の二十歳の誕生日の式典は順調に進んだ。

ファンファーレが鳴り、ダンスの音楽が鳴り始めた。

「今年の王女殿下のダンスのお相手は、今回最も活躍した聖騎士エドワード卿です」

聖騎士になって初めての公務といっていいのが、王女殿下とのダンスだ。

エドワードは重い気持ちで王女殿下の傍へと進んだ。

彼女は白いドレスに赤いサッシュを斜めにかけている。

結い上げた髪には金のティアラが輝き、黄金の瞳は厳しくこちらを見据えている。

圧倒されるが、エドワードは習った通りの礼をするだけだ。

先日の練習場でも一緒だったが、王女の物言いはまるで男のようで——それも、なんだか潔くすがすがしい、乙女があこがれるような男前な物言いなのだ——エドワードとしては、女性として意識してはいない。

ただ、愛しいお嬢様にどう思われるか、それだけが心配なのだ。

早く終わらせて、すぐにでも彼女の元に戻りたい。

そのように心を虚ろにして踊っていると、王女殿下が耳元で言った。

「ノワイエ令嬢を放っておいてよいのか?」

「公務ですから、仕方ありません」

「腰抜けが。どいつもこいつも男というものは」

「は?」

「ノワイエ嬢は、今年社交デビューと聞いていたが、初のダンスをほかの男に譲ってもよいのかと聞いておるのだ」

「彼女は他の男とは踊りません」

「それはどうかな」

まるで挑発してくるような王女の物言いに、エドワードは不安になった。

そこに殿下が追い打ちをかける。

「あのように愛くるしく美しい娘を、男が放っておくと思うか？」

「そ、そうですが……」

「しかもデビューの白いドレスは男の目を惹くぞ」

そういうことか。

初心な淑女の最初の相手になりたいという下種《げす》な男心で近づいて来るのか。

その意味では、白いドレスが着られなくてよかったのかもしれない。

「ところが……そのドレスは今日着られなくなりました」

「どういうことだ？」

「私がキメラと戦って倒れた時に、彼女がすがりついてきたようで、白いドレスを私の血で汚してしまったのです。今日は別の色のドレスを着ています」

「ほう？　しかしそなたは令嬢を娶るつもりなのであろう？　婚約中であると公にしてはおらぬようだが？　なぜぐずぐずしておる」

「昨夜、伯爵夫妻に申し込みに行く予定が、だめになってしまいました」

「なぜだ」

「国王陛下から呼び出され、この儀式への参列を命じられたからです」

つい苛立って若干不敬な物言いになってしまった。

「それでおめおめと諦めたのか？」

「この公務をこなしたら、今度こそ必ず――」

「愚か者が。何が何でも昨夜、ノワイエ嬢との婚約をとりつけておかねばならなかったのだ。陛下はこのくだらぬ踊りが終わったその時に、私とそなたとの婚約を発表する算段なのだと人伝に聞いておるぞ」

「えっ」

――まさか。昨夜は陛下はそんなことはひと言もおっしゃらなかった。

むしろ遠回しに宰相と王女を縁組させたいような口ぶりだった。

「国王夫妻がひとりの騎士を晩餐に招いたというのは異例中の異例。それくらい重大なことなのだぞ、普通なら察するものだが」

エドワードは王女のリードを完全に放棄し、棒立ちになってしまった。

会場が一瞬静まり返る。

「何をぼうっとしておる？　何かをなしとげたら告白しようとか、何がどうにかなったら求婚しよう、などと後回しにしていいことはひとつもないのだぞ。このままいけばそなたは私の夫になるのだ。聖騎士トーナメントは婿を選ぶために開かれてきたのだから。――どうした、そなたはどうするつもりだ？」

エドワードは図星を突かれて狼狽《うろた》えた。

昨夜、伯爵が就寝したからと拒まれても、たたき起こしてでもアビゲイルとの結婚の許しを乞うべきだった。

この煮え切らなさを、傍にいたいと一晩中抱くことでごまかしていた。

そうすれば何も揺らがないと思っていた。

公務だから、国王の命令だからと送り出してくれた彼女は本当に平気だったか？

——アビーは今どこにいる……？

エドワードは会場を見渡した。

突然のダンスの中断に、賓客《ひんきゃく》たちがざわめきだしていた。

＊　＊　＊

その少し前、私、アビゲイルは頑張って壁の花に徹していた。

本当は近くでエドワードの晴れ姿を見たかったが、彼と約束したのだ。

人目につかないようにして、他の男性からダンスを誘われないようにすると。

そんなことはエドワードの取り越し苦労に過ぎないとわかっているのだが。

お父様たちは他の貴族たちとのあいさつ回りに忙しかったが、引きこもりがちの私はそれもおっくうだったのだ。

ダンスが始まり、エドワードは立派に王女殿下とダンスを踊っていた。

時折、二人は何か会話しているようにも見える。

「お似合いね……」

という声が参列者の中から聞こえてきたくらい、エドワードは立派に務めを果たしていた。

ついこの間まで、彼がフェルケスカス山で絶望して泣いていたことを思うと、感慨深い。

彼が私を想ってくれていたことも嬉しいが、騎士になる前の彼の気持ちが、その惨めさが今ようやくわかってきたのだ。

今や、エドワードのほうが遠い人になってしまった。

彼は魔術攻撃が使えない間も、他のことで人一倍努力していたのだ。

私が引きこもっている間に、彼は、社交術も学問も芸術も極めてきたから、王宮でも怖じ気づいたりしない。

エドワードを下に見たことはないけれど、世間的には騎士見習いと伯爵令嬢の格差は相当なものだったはず。

それが、王女殿下と並んでも見劣りしないまでに自信をつけたのである。

「この後、ご婚約の発表かしら」

エドワードとの距離を感じていたところへ、さらに絶望的な噂話が耳に入ってくる。

「聖騎士トーナメントは王女殿下の花婿選びという噂は本当でしたのね。素敵な殿方をやっと見つけたのに、残念」

――嘘……、そんな。

ただの噂話よね。いきなり王女殿下とエドワードが婚約発表なんて――。

それでも、私の周りではそんな話でもちきりで、いたたまれない。

王女殿下と聖騎士の結婚。

かつては私が見たいと思っていたシーンなのに、それがこんなに悲しくなるとは。

しかも、壁に徹したいのにそれも許されない状況になっていた。

「ご令嬢、よろしければ次のダンスのお相手をしていただけませんか？」

まさか来ないと思っていたのに、見知らぬ青年から誘われてしまった。

「すすすみません、踊りは不調法でして」

とっさに出た断りの言葉は、前世の宴会におけるサラリーマンのもののようで、エレガントさの欠片もない。

――想定外だったから。誘われるなんて……。お母様を探そう。

その青年に会釈をして壁から一歩踏み出すと、また別の男性に声をかけられる。

「美しいお嬢さん、どうぞお相手を」

「お名前をお尋ねしてもよろしいですか？」

などと誘いの手が次々とやってくる。

王宮の紳士は女性をひとりにしていてはいけないというルールでもあるのかと思うほどだ。

「母を探していますの、ごめんあそばせ」

私はそう言って、全てやり過ごそうとしていた。

その時、視界の端に鋭い視線を感じて、私はそちらに顔を向けた。

と、同時に辛辣な言葉が襲ってくる。

「こんなところで男漁りなさってるの？　今頃焦っても遅いんじゃないかしら」

その言葉の主を見た瞬間、私の背筋は凍り、息が止まりそうになった。

それは幼い時、私にトラウマを与え、社交嫌いにした女だった。

ジョシュア・ブロー
二度と会いたくなかったのに。

王宮入りしたその日に姿を見かけてはいたが、ここで出くわすなんて。

彼女は赤いワインの入ったグラスを優雅な手つきで持っていた。

何年も経って、大人になっていたのはお互い様だが、彼女の底意地の悪い表情は昔のまま。

随分社交慣れしているようで、高位の貴族令嬢とみられる女性たちと一緒にいる。

「お知り合い？　ジョシュアさん」

貴族令嬢のひとりに尋ねられ、ジョシュアは気取った物言いで言った。

「ええ、でも皆さんにご紹介するような人ではありませんのよ、お気になさらないで」

そして、ジョシュアは私に向き直ると言った。

「エドワード聖騎士様をしつこく追い回すだけじゃ足りないの？　ここはそういう場所じゃありませんのよ、お控えいただきたいわ」

キリアンによく似た褐色のくせ毛と、何より、悪意に満ちた鋭い目。

声も刺々《とげとげ》しく、今も幼い時と変わらず、ひと言ひと言が私を突き刺してくる。

「まあ、ジョシュアさん、エドワード聖騎士のお知り合いでいらっしゃるの？」

貴族令嬢に尋ねられ、ジョシュアが応える。

「兄とエドワード卿は同じ練習場で修行をしておりました。身寄りのないエドワード卿に同情して、兄が随分、親身に相談に乗っておりました。今回、彼が聖騎士になって、こんな嬉しいことはありません」

「まあ……、お兄様もご立派でいらっしゃいますのね」

相変わらず嘘まみれだ。

いつの間にか、私はジョシュアと他の令嬢たちに囲まれ、ダンスを誘ってきた男たちはいなくなっていた。

この場を去りたいのに足がすくんで動けない。

私が何も言わないのをいいことに、ジョシュアはさらに追い打ちをかけてくる。

「聖騎士様につきまとうのはいいかげんにやめたら？」

ジョシュアが怖い。

社交界も怖い。

だからこそ、十八歳になるまでデビューを拒んできたのだった。

私は自分のお城でお嬢様扱いされてのうのうと生きていければそれでよかった。

エドワードを推して、王女殿下とのハッピーエンディングを見届けるだけでよかったのに。

意地悪い笑みを浮かべたジョシュアが止めをさす。

「あなたの存在がエドワード卿の評判を落とすことになるのよ、そんなこともわからないの？　出てお行きなさい」

そう言って、ジョシュアは手にしていたワインを浴びせかけてきた。

「あっ」

私はドレスの胸元に赤いワインをまともに受けてしまった。

ジョシュアが聞こえよがしに言う。

「あら、急に飛びすから、こぼれちゃったわ。いい加減にして」

――ひどい。

令嬢たちもさすがにジョシュアの行動に驚いていたようだが、私を助けてはくれない。

ここには乳母が仕掛けたカメラスコープもなければ、エドワードもいない。

──うう、帰りたい。ドレスが濡れて気持ち悪い。

帰還ポーションを持ってくればよかった。

あれがあったなら、今すぐ王宮なんか飛び出すのに。

城に戻って部屋に籠るんだ。そしてもう二度とこんな場所には来ない。

そんな考えばかりが頭を巡り、一歩も動けなかったその時。

「アビー！」

そう言って、人込みをかきわけて駆けつける男がいた。

──エディ……どうして、ここに。

彼は聖騎士の赤いマントを脱ぎ、私の身体を包んだ。

「アビー、ひとりにしてすみませんでした」

彼はマントの上から私をそっと抱きしめる。

「もう大丈夫です」

そう言うと、その背中の陰に私を隠すように立ちはだかり、ジョシュアを睨みつけた。

「な、何よ、……その目！　……そっちからぶつかってきたのよ」

ジョシュアはしれっと言い逃れをしたが、エドワードは何を思ったか、その周辺にいた野次馬のひとりから濃厚な色をしたワインのグラスをひったくると、ジョシュアの頭からワインをぶちまけた。

「きゃあああっ」

ジョシュアの悲鳴に、回りの令嬢たちもおののいている。

そのうちのひとりが言った。

「何をなさいますの？　わたくしの友人に……！」

あの時と似た状況に、私は恐ろしくなる。

ただ、違うのは、今はエドワードがいてくれる。

彼を見上げると、その漆黒の瞳が怒りに燃えていた。

彼はジョシュアを睨んだまま言った。

「俺は、俺の大切な女性を侮辱されたから同じことをやり返しただけです」

そこへ、お父様たちもようやく駆けつけた。

「アビゲイル、何事だ。エドワード、王女殿下を放ってどうしてここにいる？」

お父様が事情を尋ね、お母様は私に寄り添って、何かを察したのか私の背中を撫でている。

エドワードは堂々としていた。そして周囲に響き渡る声で言った。

「王宮に似つかわしくないこの女が、アビゲイルお嬢様のドレスをワインで汚したのです。最初、お嬢様が血を流したのかと肝を冷やしました。ワインでなく、もしケガでもさせていたのなら、その女は今この瞬間、もう生きてはいなかったでしょう」

お父様はようやく事の成り行きを察したらしく、青ざめた顔でエドワードを見た。

「おまえはアビゲイルのために、王女殿下の元からここまで走ってきたというのか？　これがどれほど重大なことか、理解しておらんのか？」

するとエドワードはお父様の足元に跪いて言った。

「お館様、お許しください。この行いが聖騎士にふさわしくないことはわかっています。ですが、俺はもう、聖騎士になどなれなくてもいい。聖騎士になれば求婚できると思っていましたが、聖騎士になったところで、アビゲイルお嬢様を守ることなどできません。お館様、お嬢様をください。一生、お嬢様の傍に置いてください。どうかお願いします」

エドワードのその姿に、私は涙が止まらなかった。

彼が遠くなったなどと思った自分が恥ずかしい。

エドワードが何者であろうと、彼は一生、私の推しなのだ。

お父様は許してくれないかもしれないけれど、私は彼がどんな罰を受けることになっても絶対に離れない覚悟ができた。

だが、お父さまは、彼の手を取って言った。

「……よく言った、エドワード！　アビゲイルとの結婚を許す」

エドワードは夢を見るような目で、お父様を見上げていた。

「昨日それを言おうと思ったのに来なかったから怒っていたんだぞ、エドワード。さあ、立て」

お父様は彼に手を貸して立ち上がらせる。

お母様も「アビー、よかったわね」と言ってくれた。

だが、ジョシュアが黙ってはいない。

「あの男を断罪してください！　私をこんな目に遭わせたのです」

頭からワインの滴りを垂らしたジョシュアが喚いていた。

そこへ、「静まれ」という声が響く。

すると、人だかりが二つに分かれて道ができた。

皆が敬礼の姿勢をとる。

旧約聖書のモーゼのように、王女殿下がその道を歩いてきた。

みなが敬礼のポーズをとり、お父様も誰より丁寧に跪いて言った。

「王女殿下にご挨拶申し上げます。こたびは当家の騎士エドワードがご無礼を致しましたこと、深くお詫び申し上げます」

「よい、私が聖騎士を行かせたのだ」

王女殿下が楽し気に言う。

この顛末に腹を立ててもおかしくないのに。

ジョシュアはまだ憤慨している。自分がしたのと同じことをされただけなのに愚かしい。

だが、彼女が私にワインをかけたのを見たのは、その友人と称する令嬢たち数人だけで、エドワードの行いについては多くの目撃者がいる。

それが不安でたまらなかったが、王女殿下はジョシュアを冷えた目で見ると言った。

「キメラの変色鱗を狙い撃ちする聖騎士の視力を侮るな。踊りながらでもその男は恋人のことで頭がいっぱいだったのでな。私もつられて見たら、その女がノワイエ嬢にワインをわざとかけていたのだ。……だから、行けと言った」

王女自らの証言で、ジョシュアは真っ青になり、一緒にいた貴族令嬢にすがるような目を向けたが、令嬢たちは皆、目を逸らした。

「王女殿下、温情あるご指示を賜り、ありがとうございました」

と、エドワードが敬礼をした。

王女殿下は私の前まで歩いてきて、言った。

「怖い思いをしてかわいそうにな。二度までも衣を汚されて心も折れたであろう？　そうだ、私の白いドレスを授けよう」

というもったいないお言葉までいただいた。

最後に彼女はジョシュアを見下ろして言った。

「ちなみに、アビゲイル・ノワイエ嬢は私の親友だ。私の友を侮辱したのはそなただな。王宮を騒がせた罪で、そなたの家は取り潰し、永久に王宮への出入りを禁じる」

「私どもは無関係です。その女は娘でもなんでもありません」

遅れてやってきたブロー子爵がジョシュアを勘当してまで取り繕ったが、許されなかった。

「そのように処置致しましょう」とハロルド宰相が引き取って、その場は幕引きとなった。

それから、王女殿下は静かに国王陛下の元へと進み出た。

「陛下、ご覧になりましたか。聖騎士エドワードには既に許嫁《いいなずけ》がおり、このように愛し合っておりま
す。私とエドワードを結婚させようなどというお考えは、もうありませんよね」

国王陛下は額に手を当てて、苦悩の表情を浮かべていた。

「だが、そうしなければ、やがてこの世界は――」

すると、宰相が突然エドワードに向かって言った。

「きさま、王女殿下にこのような侮辱を与えたこと、許さん」

彼はエドワードが王女とのダンスを放って駆けつけたことを怒っているのだろう。

私がはらはらしていると、エドワードは呆れたような顔をして宰相を一瞥《いちべつ》した。

「閣下、私は愛する人を自分で守っただけです。あなたもご自分で守ったらどうですか。王女殿下は
私に教えてくださいました。後回しにしてはならぬと」

宰相は顔を赤らめたまま、もうエドワードに言い返すことはなかった。

そこに高らかな笑い声が上がり、王女殿下が言った。

「エドワード聖騎士、よくぞ申した」

それから王女は国王陛下に一礼した。

「ご安心ください、陛下。私の魔術は最大限に開放されることが判明しました。ただし、それには伴
侶が必要です、誰でもいいというわけではありません」

「それは誰だ」と国王陛下が言えば、一同がその答えを待って沈黙した。

エドワードが宰相を見つめている。やはり二人は仲がいいかもしれない。

彼の視線に促されるように、宰相が王女殿下の足元に跪いた。

「私……で、よろしいのですか？　私が殿下の伴侶になっても？」

宰相は思い詰めたような声で言った。

「他に誰がいる？　申し込むのが遅いぞ、ハル」

王女殿下がそう言って手を差し出すと、宰相がその手にキスをした。

「はい。生涯あなたをお守りすると誓います」

どこからともなく拍手が沸き起こり、それはたちまち広がって会場全体を埋め尽くす。

「そういうことだ。これで私は世界を護ることができる、皆、安心してよいぞ」

そう言った時の王女殿下は、これまで以上に凛々しく、神々しかった。

「王女殿下、万歳！」

「宰相閣下、万歳」

「ご婚約おめでとうございます」

「パトリシア王女殿下、万歳！」

こうして大歓迎ムードの中、王女の生誕祝賀会はそのまま婚約祝賀会となったのだ。

こうして波乱含みだった祝宴は幕を閉じたが――。

私たちがノワイエ伯領に戻ってから数日後、王宮からエドワードに使者が来た。

公爵となった彼に、王命が下されたのだ。

『大ベルバート島のキメラ討伐命令』

かつてベルバート王国だったその島は、前世でいうとオーストラリアぐらいの面積を有するが、巨大キメラの巣窟となり、もはや人の踏み入れることのできない地となっていた。

「ベルバートのキメラ討伐なんて……！」

私は慄《おのの》いたが、エドワードは平気な顔をしていた。

「討伐したらその報酬として、大ベルバート島をくださるそうです、やります！」

「危ないもの、ダメ、絶対だめ」

私がいくら反対しても、彼は聞かなかった。

「王女殿下の解呪の効果を実感なさった上で、討伐を命じられたのだと思います。大丈夫です」

そして、エドワードは伯爵家を去った。

行く前に、彼の髪の毛をせがんだが、くれなかった。

追跡ポーションでついてきたら危ないから、という理由で。

だから、私は追跡ポーションと自分の髪をエドワードに託した。

「この世の終わりの時は、絶対に私を呼んで。絶対よ」

「はい、約束します、アビー」

その言葉だけを信じて、私は彼を見送った。

私がどんなに嘆いたか、そして、お父様もお母様も心配したし、伯爵家から光が消えてしまったように思えた。


そしてその日がやってきた。

もう終末がやってくるという噂は国中に広がっていて、日付が変わると同時に、キメラの襲来を防ぐ防御壁が全て消滅し、金剛竜キメラや黒角竜キメラが大群で飛来して、地獄絵のように人間を殺しにきて、世界が滅びてしまうと噂されていた。

最後に酒盛りをする人々や、全財産をはたいて旅行に出かける者、集団で祈りを捧げる信者たち、あるいは終末予言を信じずに淡々と農作業をするなどして、それぞれにその時を待っていた。

お父様とお母様は正装し、執事や全ての使用人を大広間に招いて、大晩餐会を開いた。

長年勤めてくれた人たちの労をねぎらいながら節目を迎えることにしたのだ。

私は初めてエドワードとダンスをした赤いドレスを着て、彼に呼ばれるのを待っていた。

魔術により制御された正確な時計の音が、いつもより大きく聞こえる。

「十、九、八……」

誰からともなく、カウントダウンが始まった。

何か言わないではいられない気持ちだったのだろう。

「七、六、五」

お父様が私とお母様の肩を抱えた。

「四、三、二、一」

カチッと時計の針が動いた。

その瞬間、全ての音が聞こえなくなり、まばゆい光があふれて何も見えなくなった。

——これが、この世界の終わり……？

音のない世界で、私は叫んでいた。

——エディ！　エディ！　会いたい……！

エピローグ

「ただいま、アビー」

懐かしい声が聞こえる。

「ん……エディ……？」

「ああ、ごめん。寝てたんだね。時差があるから……どうしても、ね」

私は夢心地で腕を伸ばす。

リュミエール、という声が聞こえて、枕元のランプがほんのり灯る。

「おかえりなさい、エディ」

「もうすぐ俺の国にあなたを迎えられそうです、アビー」

「あなたの国に……」

「はい、王妃殿下」と、エドワードがふざけた口調で言う。

「今すぐにだって行きたいわ。ずっと一緒にいたいのに」

大ベルバート島にキメラ討伐令を下されていたエドワードは、着々と巨大キメラを駆除していた。

討伐は表向きの口実で、ハロルド宰相が呪術古語学会とともに調査を続けたところ、エドワードはベルバートの王族の末裔だったことが判明したのだ。

おそらくその証拠は大ベルバート島の王宮の廃墟に残っているだろうと。

烙印は、王の後継者を保護するため、キメラの目から隠すためのものだった。

学会がさらに詳しく調査したところ、大預言者の遺言には続きがあった。

『時空を超えて来たりし者の血によって、救世主の封印は解かれる』

——時空を超えて……つまり、前世から来た私のような……。

「もうすぐですから。待っていてください」

そう言って、彼はベッドにいる私の唇にキスをした。

「大物キメラを日々駆除しているおかげで貴重な魔石が大量に獲れて、経済的には絶対に苦労させない自信はあります。移住希望者を募っていますが、それも順調に増えていますし——多くはベルバートの生き残りで、キメラから逃れてきた人たちですが、十分やっていけます」

「経済的には大丈夫でも、そのぶん危険ということじゃない」

もっとも、エドワードは今では黒角竜キメラですら秒で仕留めているというから、キメラ撃ちが得意の私もはるかに及ばないほどの力を持っている。

宰相が解明したとおりで、私と結合することによってエドワードの魔力がコントロールできるようになったということだ。

「それにしても……まさか、ハロルド宰相があの『レジェンド』だったなんて……驚いたわ」

私が王女殿下に自白剤を飲まされて、エドワードへののろけ話をさんざん聞かせた挙句、前世で好きだった【薔薇の箱庭】のBGMまで歌ってしまったことから、宰相が私の正体に気づいたらしい。

私のキスからエドワードの魔力封じが少しずつ解けていったことから、王女の魔力開放のヒントになったなんて、驚くしかない。

そんな奇跡を噛みしめていると、エドワードの不機嫌な声が聞こえた。

「アビー?」

「え?　どうしたの?」

「俺が時差数時間を越えて帰ってきたのに、他の男の話をするんですか?」

彼はそう言うが、同じ前世を生きた同士というか、前世の記憶を持った者として、この世界がどうして終末を回避できたのかは理解しておきたいと思う。

終末の日、正確に言うと、世界の終末は訪れなかった。

総崩れとなる防御壁の向こうに、人々はキメラが飛来するのを目撃したが、突然まばゆい光に包まれ、新たなる強靭《きょうじん》な防御壁が現れたのである。

国王陛下は、「世界は救われた」と宣言した。

宰相はなぜか私個人宛への書簡で、ことの成り行きを説明してくれた。

彼は前世で『レジェンド』と呼ばれていたプレイヤーであり、ネットで情報を集めている時に、ゲーム開発者自身本人しか知らない秘密を設定していることを知った。

どうやら、それはエドワードのように烙印で魔力に制限をかけられたキャラクターであり、彼らは異世界から転生した人物の血により、魔力解放されるということだったらしい。

前世ではゲームはサービス終了となったが、こちらの世界は永遠に続いていく。

復活の条件は、烙印を持った二人のキャラクターと前世からの転生者が結ばれること。

祝賀会騒ぎで婚約の運びとなった王女と宰相だが、「世界を救うためだ」というたてまえで王女曰く「交合した」結果、これまでにない魔力の充実を感じたそうだ。

これにより、王女の魔力は国王陛下にも勝る最強のものとなった。

だから、エドワードも同じように、かつて滅びたベルバートを再興するのは可能だと判断した王女は、彼をベルバート王にしようと画策したのだ。

エドワードは今、自分の国を取り戻し、建て直している最中だ。

ロゼリンド王国の後継者として盤石な地位を確立したパトリシア王女と宰相は、エドワードをベルバート王国の王と認め、同盟を結ぶことも決まっている。

ベルバートは遠いけれど、エドワードはこうして頻繁に帰ってきてくれる。

「明け方にはまた向こうへ行かなくてはならないから、他の男のことなんて考える暇もないようにします」

少し嫉妬のにじむ声でそう言うと、彼は私を抱きしめた。

熱い口づけに、ようやく目覚めた私の心がまた溶けていく。

「アビー、愛しています」

まだ敬語が抜けないエドワードの声が、甘く響いてくる。

「私も、大好き。早く一緒に住みたいわ」

「荒野で野宿というわけにはいきませんからね」

そんな睦言《むつごと》を交わしながら、気がつけば肌と肌を重ねている。

私は、彼がケガをしていないか、確かめるように、その肌に口づけをしていく。

「くすぐったいです、アビー」

強靭な筋肉、張りのある皮膚、広い胸を唇でなぞりながら、この世界に来てよかったと思う。彼の鼓動が聞けてよかった。彼に愛されてよかった。

「ほら、そういうことをするから……」

エドワードがもう限界だというような声で、身体を反転し、私に覆いかぶさってきた。

「ケガがないか調べていたのに」

「どのくらい元気かわからせてあげますよ」

彼はそう言うと、私の手首をシーツに縫いつけて口づけした。

舌をこじいれて、私の舌を絡め取るような激しいキスを繰り返す。

互いの唾液が混じり合って、唇から溢れそうになる。

私の血や涙やあらゆる体液が彼の魔力を解放するなんて、まだ信じられない。

彼の愛はキスだけでは表し足りないようで、今度は彼のほうが私の身体をついばみ始めた。

指を口に含み、手のひらにキスをし、乳房をほおばり、お腹に薔薇の印をつけていく。

「や……っ、そんな」

彼は私の足首を掴んで、それさえ愛しいと言って口づけるのだ。

「ううん、エディ……」

それから、ふくらはぎから内腿へと唇を滑らせてくる。

まだ触れられていないうちから、あの場所がとくんと疼き始める。

秘裂に指を添えてそっと開き、舌を差し入れる。

「あ……っ、んん」

思わず私の身体がぴくりと跳ねる。

もう奥の方が熱くなってきている。

彼は甘露を迎えに行くように、舌を這わせてきた。

「あっ……、それ……だめっ……ああ」

淫靡な音に耳を塞ぎながら、私は抵抗するけれど、彼にしっかりと足を抱え込まれてしまって、逃げられない。

気持ちいいけれど、正体なく乱れてしまうのが恥ずかしいのに。

ぬるぬると動く舌に誘われて、私の中がきゅうっと収斂する。

とろとろと熱い滴りが溢れてくるのがわかる。

「あ、ん、……こぼれちゃう……エディ」

「アビーがこんなふうになって、俺、嬉しいです」

彼はそう言って、花蕾を舌先でツンと押した。

「ぁあああっ」

もう心の準備ができていたはずなのに、この刺激だけは無理だ。

背中を思い切り反らして、叫んでしまう。

全身が煮えたぎるような感覚に包まれた後、力が抜けてくたりと重力に身体を預ける。

「達《い》きましたか？　アビー」

彼に与えられた快感で、まだ全身が小刻みに震えている。

私は頷くのがせいいっぱいだ。

「時間をかけたいけど、もう無理、です」

彼が苦しそうに言うのを聞きながら、私はゆっくりと身体を開く。

「来て……エディ」

切ない吐息を吐きながら、彼は身体を沈めてくる。恥ずかしいけど、私の身体ももう彼を欲しがっているのだ。

熱い強張りが、甘露に濡れた花弁を開いて挿入ってくる。

「ん……エディ……、あ、あ」

息を詰めて潜り込んでくるエドワードの背中には、もう汗がにじんでいる。

「アビー……好きです。アビー」

「あ……ぁ、……っ、エディ……！」

私を傷つけないように、自分を抑えているエディが愛しい。

そして、やがてそれに耐えられなくなる彼も。

促すように彼の首筋を抱きしめると、彼は一気に貫いてきた。

「ああっ」

「あ……アビー、痛いですか？　もっと、丁寧にするつもりだったのに」

「ううん、早くこうしたかったの」

「そんなかわいいことを言うと、こらえられませんよ」

その言葉どおりに、彼はぐっと突き上げてきた。

「あっ、んっ」

それからはもう、互いを激しく求めあって、甘い吐息に包まれる。

蜜洞を行き来する彼の存在感に喘ぎ、次第に押し上げられていく身体。

呼吸が次第に荒く、速くなり、彼の抽挿も激しくなる。

身体の中心を全て彼に支配され、私は自分がどうなっているのかもわからなくなる。

大好きなエディを、そしてこの世界をつなぎとめなくちゃ。

私は思い切り抱きしめる。愛しさが爆発しそうになる。

「アビー……！」

私の中で彼が脈動を始める。

硬く張り詰めた剛直から劣情の滾《たぎ》りが放たれる。

この瞬間、彼の魔力が強くなって、彼の身を護ってくれるようにと祈りたいのに、私は甘い衝撃に気を遣ってしまい、彼の腕の中でわななないているばかりだ。

＊　＊　＊

一か月後――。

「アビーお嬢様、おきれいです」とミアが感涙している。

私が今着ている白いドレスは、パトリシア王女殿下から賜《たまわ》ったものだ。

生誕祝賀会でジョシュアからワインをかけられてしまった私に同情し、ドレスをやろうと言ったことを忘れずに、こうして送ってくれたのだ。

この高貴な絹の、純白のドレスを着て、頭には白いベールを被り、白い長手袋をしている。

首飾りは、エドワードが初めて青竜キメラを撃って得た、青い魔石をあしらった金の首飾りをしている。

これは、エドワードの記念の宝物であり、私の瞳の色と同じで、お気に入りだ。

彼が自分の国を建て直そうと頑張っている間、私は私で、社交術の他に、王妃としての心得、宮廷のマナーや立ち居振る舞いと、勉強してきた。

一から始めるわけなので、重鎮などにマナーが悪いと諫《いさ》められたり陰口を叩かれたりという心配はないが、それだけエドワードが孤独な身の上なのだと痛感する。

そのエドワードがいち早く入ってきた。

彼は白い軍服で、肩や前立てに金糸の房飾りをあしらった美しい装いだ。

赤いサッシュを肩から斜め掛けにし、そこに留めつけられた聖騎士の勲章が輝いている。革のベルトには黒曜石のペンデュラムが垂れていて、銀の柄を持つ長剣も提げられている。

「用意できましたか、アビー！　……息を呑むほど美しいです。やっと結婚できますね」

そう、世界の終末と復活の日から数か月、離れ離れだったエドワードと私は、今日ロゼリンド王国で結婚式を挙げる。

「向こうで盛大に、とも思いましたが、新生ベルバート王国には、王妃として最初から傍にいてほしいので、こちらで式を挙げることをお許しくださり、ありがとうございました」

エドワードがそう言って私のお母様に頭を下げた。

「それはいいのよ、こちらのほうがお祝いしてくれる人もたくさんいます。……でも、とうとうこの日が来てしまったわね」

お母様は白いハンカチでそっと目元を拭う。

「寂しがらないで、お母様。ポーションを使えばすぐに行き来できるじゃない」

「でも、あなたが異国の王妃になるのだと思うと、距離の問題でなく、遠くなる気がするの」

そこへお父様もまた正装してやってきた。

「これ、めでたい日なのだぞ。笑うのだ。ミア、カメラスコープを忘れるな。撮りためて大広間に飾るのだからな。そうだ、孫ができたら見せに来るのだぞ、魔法の財布を渡すからな」

気が早すぎるお父様だった。

そして、私たちが馬車に乗り、教会へ行く道のり、所領の人々がみんな、祝福の花びらを振りまき、手を振って祝ってくれた。


教会の主祭壇の前、足元には六芒星が描かれていて、エドワードと私は二人でそこに立つ。

「この世界でも、異なる世界でもいつも愛し合い、いたわり合うことを誓いますか？」

司祭の問いかけに、「はい、誓います」と答える。

「それでは、誓いのポーションを」

エドワードと私は顔を見合わせて微笑み、それぞれが持たされた美しいガラス瓶を軽く触れ合わせ、同時に飲み干した。

空になったガラス瓶は砕けて消え、足元の六芒星が光り始めた。

エドワードが私の身体に腕を回し、そっと抱きしめる。

「はぐれないでくださいね、アビー」

「もちろんよ」

六芒星の外円から光の壁が立ち上がり、私たちを取り囲む。

私たちはこれからベルバートへと旅立つのだ。

「アビー、幸せにね！」とお母様が叫ぶ。

そして、次の瞬間、私は初めて見る新しい世界に立っていた。

予期していたものの、長距離の瞬間移動に足元がフラフラしてしまう。

眩暈《めまい》が収まると、私たちは白い石造りの聖堂にいた。

「アビー、大丈夫ですか？」

「ええ……ここがあなたの生まれた国？」

エドワードが数か月かかってキメラを駆除し、強力な防御壁を築いた彼の生まれた国。

キメラ襲来の記憶に怯えて戻って来ない民も多いが、ロゼリンド王国で難民として苦労していた人々が次々に結集して、エドワードに忠誠を誓い、国の再建に力を尽くしたそうだ。

「そうらしいです。ここで生まれたという記憶はありませんが。今いるのは王城の中の礼拝堂です。アビー、ようこそ俺の城へきてくださいました」

そういうと、エドワードはガラス窓の向こうに視線をやった。

こちらは夜だ。その暗い空が突然輝き、数秒遅れてドーンという轟音《ごうおん》。

「何？」

「祝宴の花火です。あなたを歓迎しています。さあ、民に顔を見せてやってください」

彼に導かれて長い廊下を歩き、バルコニーに出た。

王庭に多くの人々が並んでいた。

「国王陛下、万歳！」

と誰かが叫び、続いて「王妃殿下、万歳」の声も上がる。

「この国は、始まったばかりです。アビー、大丈夫です」

怖気づきそうになる私の肩をそっと抱えて、エドワードが言う。

そうだ、私はもう引きこもりのお嬢様ではいられないのだ。

私はゆっくりと手を上げる。

エドワードがキメラ退治をしている間に学んだ作法で、穏やかに微笑んで国民に小さく手を振った。

「王妃殿下、ようこそ！」

「王妃殿下、万歳」

人々の声はどんどん大きくなり、打ち上げられた花火が彼らの笑顔を照らす。

エドワードが声たからかに言った。

「ベルバート王国は、永遠なり」

その歓声に包まれて、私の推しの物語は幸せなエンディングを遂げたのだった。

＊　＊　＊

二年後——。

「そうら、おじいちゃまだぞう」

よちよち歩きの孫娘を抱き上げて、ノワイエ伯爵、いや元伯爵が満面に笑みを湛えている。

「たかい、たかい」

お父様がその孫娘、つまり私の娘を高く掲げると、娘はキャッキャッと笑い声をあげた。

「そら、魔法の財布だぞ？」

お兄様に家督を譲り、隠居の身となったお父様はお母様と一緒にこのベルバート王国に移住したのだ。エドワードが両親のために立派な城館も用意してくれた。

お父様は結婚式の日の約束どおり、魔法の財布を娘にプレゼントしてくれた。

「おまえのことを誰かが褒めるとマウロ硬貨が貯まるのじゃ」

そう説明して、

「ベルはかわいいのう～」

と猫なで声を出す。

すると魔法の財布がチャリン、と鳴った。

お母様が呆れて笑っている。

ベルバート王国が復興して初めて生まれた王女なので、娘はベルと名づけられたのだ。

「お父様がベルを褒めるだけでどんどん貯まってしまうわね。でもこれはいけません」

と、私が財布を取り上げた。

「あっ、何をするのだ」

「甘やかしすぎです。子どもの躾《しつけ》が目的なのに、金銭が褒美というところが矛盾していると思うので、私が預かっておきますね」

そこへエドワードがやってくる。

「お義父《とう》さん、ありがとうございます。ベルの徳が上がるような使い方をさせていただきますから、これからもかわいがってやってください」

すると父は膝を折って敬礼する。

「かしこまりました。国王陛下。こちらこそどうかよろしくお願いします」

「さあ、アビー。あなたは無理をしてはいけませんよ」

お母様が気遣ってくれているように、私のお腹には二番目の子が宿っている。

「男の子なら名前はバートかしら」

「それもいいが、そうしたら三人目以降はどうするのだ」

「お父様もお母様も気が早すぎよ」

こんな私たちを、エドワードが微笑んで見ている。

私はとても幸せだ。

今も、これからも――。

あとがき

こんにちは、北山すずなです。

この本を見てくださってありがとうございます。

今回は現代日本からゲームアプリの世界に転生したヒロインのお話を書きました。

タイトルにある「サ終」とはサービス終了のことですが、私も何度かお気に入りのゲームのサービス終了を見てきました。

最初から仮想のものだとわかっているのになくなると辛いものです。別の会社で復活したと思ったら重課金しないと遊べないシステムにシフトしていたりしたこともありますね。そんな阿鼻叫喚を込めて書きました。

ほぼ全編で主役二人がイチャイチャしていますが、脇役の王女と宰相もなんだか面白くて筆が乗って枚数オーバーしてしまい、後半その二人のやりとりをかなり割愛しました。

どこかでその分をご紹介できたらな……と考えています。

ブログかＳＮＳをたま～にチェックしてくださると嬉しいです。


それにしてもこの時期の発行だとお盆進行だということを忘れていて、今、あとがきを書いているのですが今日か明日には入稿という怪談並みの恐ろしいスケジュールです。

盆と正月は本当に気をつけなくてはなりません（自戒）。

そういうことで、関係者各方面のみなさま、ご迷惑をおかけしてすみません。

編集様いつもお世話になっております。

イラストを描いてくださったＦａｙ様、ありがとうございました。

素敵です、本当に美しくてかわいらしくて、元気出ました。

そして読者のみなさま、ありがとうございます！

それでは、またお会いしましょう。

北山すずな

ガブリエラブックス好評発売中

gabriella books

押しつけの婚約者に婚約破棄されたら 美貌の公爵様に電撃求婚されました

北山すずな　イラスト：天路ゆうつづ／ 四六判

ISBN:978-4-8155-4080-7

「ひと目惚れという理由ではだめかな？」

継母が決めた婚約者に浮気の濡れ衣を着せられ婚約破棄をされたヴィヴィアン。どうでもいいわと言い返さない彼女の前に、異国帰りの若き公爵シルヴェストルが現れる。誰もが羨む地位と容姿の彼からなぜか迫られ、求婚までされて困惑するヴィヴィアンだが、彼は強引に彼女と式を挙げ、溺愛する。「なんて感じやすいんだ。たまらないな」彼に惹かれるも、なぜここまでしてくれるのかわからず——!?

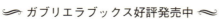

ガブリエラブックスをお買い上げいただきありがとうございます。
北山すずな先生・Ｆａｙ先生へのファンレターはこちらへお送りください。

〒110-0016　東京都台東区台東4-27-5（株）メディアソフト
ガブリエラブックス編集部気付　北山すずな先生／Ｆａｙ先生 宛

gabriella books

MGB-120

サ終ゲームに転生したら推し聖騎士様との熱愛イベントが止まらない

2024年9月15日 第1刷発行

著　者　北山《きたやま》すずな
装　画　Ｆａｙ《ふぇい》
発行人　沢城了
発　行　株式会社メディアソフト
〒110-0016
東京都台東区台東4-27-5
TEL：03-5688-7559　FAX：03-5688-3512
https://www.media-soft.biz/
発　売　株式会社三交社
〒110-0015
東京都台東区東上野1-7-15
ヒューリック東上野一丁目ビル３階
TEL：03-5826-4424　FAX：03-5826-4425
https://www.sanko-sha.com/
印　刷　中央精版印刷株式会社
フォーマットデザイン　小石川ふに(deconeco)
装　丁　吉野知栄(CoCo.Design)

ISBN 978-4-8155-4346-4